アルトリ岬

加治将一

PHP
文芸文庫

○本表紙デザイン＋ロゴ＝川上成夫

アルトリ岬／目次

アルトリ岬

サイン

人は何のために生きるのか?

ある人は家族のためだと胸を張り、またある人は富のためだと声を潜《ひそ》める。

また出世のためだと語る人もいれば、別の人は世に認められ、功績を残すためだと答える。

さらに死ぬために生きるのだ、と悟《さと》ったふうな人もいる。

古《いにしえ》より我々は人生の意義を探し、求め、悩み続けてきた。

しかし、いかなる哲学者も、どんな天才でも、つまるところ分からなかった。

むろん文弥《ふみや》もそんな一人だった。

彼はどん底に喘《あえ》いでいた。

崖っぷちどころかすでに奈落に落ちていた。

人間の感覚は麻痺するものだが、彼の場合は麻痺する才能がなく、人生など気付かないうちに終わってしまうのに、ただ底の底を慄《おのの》きながらうろつくばかりである。

そんな時、なにかに導かれるような出逢いがあった。格別な人とのだ。そして分かったのだ、生きる目的が。簡単なことだった。

何のために生きるのか？

幸福になるためだった。では人にとって、なにが幸せなのか？

それもしごく易しいことだった。

どうしたら幸福を捕まえられるのか？　それさえもぜんぜん難しくはなかった。人や自然とのかかわりだ。

傍目《はため》にはどう映ろうと、文弥にとっては極上のものが見つかったのだ。あの人と逢って。

これから話すことは真の幸せに気付かせてくれた人物と我々家族との交流物語だ。

是非みなさんも本書で、幸せになることを心から願っている。

＊

いつもの金曜日、部屋に入ってドアを閉めた。

ビジネスホテルである。

内鍵をかける。スポーツバッグをベッドに放り出し、上着のボタンに手を掛ける。

身体が小刻みに震えていた。

――ゴミだ。世界はゴミの山だ――

そのゴミが忍び寄ってくる。不快感、嫌悪感、焦燥感、喪失感……ありとあらゆる嫌悪するものが自分に絡《から》みついてくる。

――来るな！――

ネクタイを乱暴に外した。

震えは止まらない。別に寒いわけじゃない。鬱《うつ》だ。いや鬱でもない。さりとて心療内科ではパニック障害でもないという。難しい精神状態が自分の肉体を蝕《むしば》んでいるのだ。

魂と肉体がちぐはぐで、すでに管理不能だった。

――急がなければ……――

靴を脱ぎ、ベルトを外す。ズボンも靴下も取る。最後にパンツだ。

素っ裸で鏡の前に立つ。

現実は幻影にすぎない。鏡に映った冴《さ》えない自分は幻の中の、そのまた幻なのだ。

――なんだ、こいつは――

ひどすぎる。こんなみっともない男は、さっさと葬りさらなくてはならない。

慌ててスポーツバッグを開ける。中からブルーのパンティをつまみ出し、片方ずつ足を通す。

それから黒いブラだ。紐を肩にかけ微妙にずらして胸の位置を調整する。

――よし――

顔をまっすぐ上げ、吸い付くような目でブラとパンティを眺める。

――悪くない――

胸がきゅっと締めつけられて、小さめのパンティが股に食い込んでいる。なんともいえないしっかりした拘束感。決まると気持ちがしゃんとなるものだ。

紙袋から化粧ポーチを出してデスクに置く。

ジッパーを開け、ファンデーションをつまみ出す。頬から念入りに塗り広げ、それからアイ・ラインに取り掛かる。

口紅をひき、頭にウィッグをのせる。ロングでもなくショートでもない。ちょっと赤毛色。なれた手つきでブラッシングをして鏡に顔の右側を映し、次に左をさらす。

――いいぞ――

心が躍る。最後にスカートとブラウスを身に着ける。

完璧になった文弥は幸福感がみるみる胸に満ちてくるのを感じた。

リ・ボーン。新しき自分の誕生。

いやいや、これが本来の自分の姿なのだ。

ささやかな宴。文弥は立ち上がると鏡の中の自分にうっとりしてから、テーブルの上のハンドバッグをすくった。

相川文弥、四十六歳、中肉中背、みてくれはどこにでもいる男だ。

自分のことを根っからの臆病者だと思っている。

トラブルが大の苦手だ。かかわり合いを避け、何事によらず当たり障《さわ》りのない暮らしを好んでいる。意気地なしと言われようが、根性なしと言われようが、かまわない。とにかく避ける。

他人と感情が行き違った場合は、俯《うつむ》きかげんで退場するだけ。それが文弥の身の処し方である。

かと言って昔からそうだったわけではない。

以前は、けっこう口角泡《こうかくあわ》を飛ばして主張した時期もあった。それでずいぶん損をしたし、火傷《やけど》も負った。

根っからそういうことは性《しょう》に合わないのだ。しょせんウサギはウサギで、どうあがいてもライオンにはなれない。学習し、途中から生き方を切り替え、気弱な自分に合わせることにしたのである。すぐに馴染《なじ》んだ。

自分さえ我慢すれば目先の平穏は得られることを知った。すると見違えるように楽になった。これだと思った。そういう道しか自分にはないだろうし、それが自分流の大人の振る舞いなのだ。

そう思ったのは入社二年目だ。それ以来二十数年、表立った不満も口にせず、ただ黙々と都内にある小さなリース会社を勤め上げてきている。

退職まで、あと約十五年。できればこのまま係長の席に留まりたい。上を目指し、たとえ課長や部長になったとしても責任が増えるばかりで、給料だってたいして変わらないだろうし、ならば、だれがなんと言おうと、より軽い肩書きの方が利口なやり方だ。

野球の消化試合と同じだ。

リーグ最下位は決定済みだが、スケジュールが残っているため、だらだらとやる気のない試合をこなすだけである。

人生の消化試合。大いにけっこう。だれもが夢や理想に突っ走れるわけじゃない。そういう道しか選べない人間だってたくさんいるのだ。

頑張れなどクソくらえだ。

すっぱりと方針が決まったとたんに、身体がふわっと軽くなったものだった。

そのために自分に課したモットーは一つ。

勝たないこと。

どうあがいたところで勝てないのなら、こっちからさっさと勝負を降りる。

これは敗北ではない。敗北というのは勝負に出るから負けるのであって、文弥の場合は勝負そのものに参加しないのだ。これぞ負け知らずの極意、これさえ守っていれば自分のようなタイプは安泰である。

その日も惰性で職場に向かっていた。

身に付けているコートは二十年の着古しだ。通勤鞄《かばん》も入社以来の代物《しろもの》、退職までもたせるつもりだ。

ものは考えようだ。流行遅れと決め付けるから情けなくなるのであって、コートも鞄もアンティークだと思えば恥ずかしくない。

ラッシュの電車の中では力まない。

まったりと他人に身を預ける。ある意味、座っているよりも楽ちんかもしれない。

この省エネ姿勢はもはや達人の域に達して、すみません、すみませんと頭を下げながら、実のところ自分の体重はすべて相手に押し付けている。弱者の極意だ。

文弥は斜めっている身体のまま、脱力した欠伸《あくび》を一つした。瞬間、数センチ離れた若い女性と目が合った。

突き刺すように、目が怒っている。非難一色だった。

――うん？　なんだ？　あっ痴漢？　冗談じゃないぞ、誤解だよ、誤解。俺じゃないって――

慌てて数回首を振って否定した。前髪が目にかぶさったが、そんなことはどうでもいい。アリバイになる自分の手を視線で示す。

右手は鞄を持ち、左手は……あっ、どこだ？　おおそうだ。違う男と男の間に挟まっている。そいつを見せようともぞもぞと動いた。

「やめてください」

黄色い声が電車の騒音をかき消した。その瞬間ドキッとして、次にほっとした。声は別のサラリーマンに向けられていたのだ。

「なにもしてねえよ」

とサラリーマンが憮然《ぶぜん》として答える。

「痴漢です、この人」

一歩も引き下がらない声が満員電車に響いた。

「冗談いうな」

非難の視線がいっせいにサラリーマンに集まる。と同時に電車はホームに滑《すべ》り込んだ。人が動き、雪崩《なだれ》をうったようにどっと出口に殺到する。

文弥もその流れを利用していったんホームに出る。問題の二人も、もつれるようにホームに押し流され、さっそく言い争いがはじまった。

サラリーマンは無実だ。

勘で分かる。というより反対側にいた男の挙動の方が怪しかった。

しかしサラリーマンは絶対に負けると文弥は確信する。

昨今、どういうわけか若い女の、この手の無体《むたい》な訴えが全面的に通じる世の中になっているのだ。男の主張などほとんど無視だ。警察の頭の中を覗いてみたくなるのだが、扱いはあきらかに男に不公平で、言ってみれば現代の魔女裁判だ。

――かわいそうに、社会的に排斥《はいせき》されるんだろうな、まだ若いのに――

いつ何時、こうして不運が向こうからもたらされるかもしれない。文弥は嫌な気分で再び電車に戻った。

鞄を棚に放り投げ、吊革につかまる。

今のを目撃したからには、むろんアリバイ作りのために両手は吊革を持つ。

ふと横を見ると隣のサラリーマンが器用にスポーツ紙を広げている。ちらりと盗み見る。有名な大関が目に涙を浮かべ、引退を口にしている写真が目に飛び込んだ。


〈戦う気力が、なくなりました〉


痛いほど分かった。自分の気力だって、とうの昔に消滅しているのだ。

しかし、うらやましいのは、引退してもチャンコ屋だなんだと食う道があることだ。

その点自分はどうだ？

退職を口にした時点で、人生、これにて詰《つ》みである。

社内の噂を耳にしたことがあるのだ。不況のおり、むしろ会社は文弥から言い出すのを手ぐすね引いて待っているのだと。

むろんこの歳での再就職はない。そして役立たずになった亭主は、家からもあっさりと放り出される。

すなわちあと十数年、しがみつく他はない。

——ざまあないな——

力なく自分を笑った。

と妻、志穂《しほ》の顔が現われた。一番思い浮かべたくない対象だったが、ふとした油断で艶《つや》の失せた妻が脳裏に滑り込んできたのである。

——よりにもよって朝っぱらから……——

舌を打った。

年相応に弛緩《しかん》した四十三歳の顔。テレビを見ながら無意識なのだろうが三段腹をぼりぼりと掻《か》く姿は、もうおばさんを通り越しておじさんの部類である。

いったいぜんたい志穂が急に老け込んだのは、いつからだろうとぼんやりと思った。

そうだ五年前だ。友達とセレブ気取りかなにかは知らないが、ブランド品を買い漁《あさ》ってクレジット・カードのツケが溜まったあたりからである。

——なにがセレブだ——

案の定、あっという間にカードの支払いに躓《つまず》く。にっちもさっちも行かなくなって返済に困っていることくらい察しがついたが、藪《やぶ》の蛇は絶対に突ついてはいけない。知らん振りを通した。

今言い出すか、今言い出すかと冷や冷やものだったが、プライドの高い志穂は音《ね》を上げなかった。

そういう態度がまた癇《かん》に障った。可愛《かわい》げがないのだ。

しばらくすると働くと言い出した。自分で返済するつもりらしいのだが、当たり前だ。

それはいいアイデアだね、とかなんとか話を合わせていると、ちゃっかりカルチャーセンターの裏方におさまった。ときどき受付も手伝っているという。実に運がいい。いや目端《めはし》が利くというのか、要領がいいというのか、なにかを画策すると癪《しゃく》に障《さわ》るほど巧みにこなしてしまう才を発揮《はっき》する。

それは結構なのだが、間もなくのことだった。「疲れた」という言葉を連発しはじめたのは。

おそらく家事を逃れるための口実かもしれなかったが、目元の茶色いクマはどうやら本物らしかった。

と、あれよあれよと言う間に頬がたるみ、背が丸くなってあまりの急激な老け顔に、ぞっとしたのを覚えている。

同時に、テーブルにはスーパーの惣菜が上がりはじめた。

並んだプラスチックの器。化学調味料たっぷりの味の濃いおかず類。

——俺をなんだと思っているんだ——

文弥は、犬に成り下がったような気持ちになったが、それもすぐに折り合った。踏みにじられた気持ちをおさめるのはお手のものだ。こうして並んだスーパーの惣菜も、ふがいない自分が悪いと思えば済むことなのだ。

そう、勝ちたくない。ぜんぶ自分のせいだ。

テーブルの上のものは妻が夫の将来に見切りをつけた結果のメニューで、すべては文弥に端を発している。

そう言い聞かせれば、志穂に対する怒りはある程度腹におさまる。

結婚して十五年。かつて熱を上げ、二人の間に狂おしい恋愛の過去があったなど思い出しただけでぞっとする。それは向こうも同じだろう。

成《な》れの果ての妻とうまくやる秘訣は、忘却だ。

存在を忘れる。おそらく、よそ様だってそうに違いない。

文弥は、不覚にも思い出してしまった不機嫌面《づら》の妻の幻影を払いのけ、電車の窓から遠くに視線を延ばした。

一瞬、朝の陽《ひ》が通学生の一団を照らした。そこから文弥の思いは一気に子供たちにつながった。

——ったく——

イライラした。

――今日はどうかしてるぞ――

押し返しても押し返しても、中二の息子と小学五年の娘の顔が迫ってくる。

二人はもはや可愛い子供ではない。

上の卓《たく》は不登校というやつだ。引き籠《こ》もりともいう。なにが面白くて四六時中部屋に閉じ籠もるのかさっぱり分からないが、とにかく鍵をかけて顔を見せない。

むろんこっちだって言いたいことは腐るほどある。しかし最近の新聞には、腹を立てた子供が家に火をつけたとか、サバイバル・ナイフによる一家惨殺事件などという記事がやたら多く、うかつなことは言えない雰囲気だ。

算段を考えるより、黙って食事を部屋に運ぶ方が無難だ。

利発だった娘のコトニも、両親が仕事で家を空《あ》けているのをこれ幸いとばかりに外でぶらつく癖がついてしまっている。

補導は二度。茶髪や赤毛に染めていたこともあったが、万引きをしたときだけはさすがに親として落ち込んだ。本人はけろっとして、今朝も夢中で携帯電話に向かっていた。

いったい、なにがどうなったらそうなるのか？

父親としては、ギャンブルもしなければ呑んだくれでもない。ちゃんと会社に通って、一家を食わせているのだ。

なんの不満がある？

血ではないかと思ったこともある。

むろん自分ではない。幼いころの己を振り返っても、反抗的で反社会的な行動とはまったく無縁の小学生で、自分で言うのもなんだが、だんぜん素直な子供だった。

そうなると母親だ。

志穂に言われ、意を決して子供部屋に行ったことはある。

しかし何を言っても軽蔑の眼差しを寄越すだけの卓に、父親としての威厳は粉砕され、うざい！　汚らわしい！　と罵声《ばせい》を浴びせて逃げ回るコトニにも処置なしだった。

将来を思って英語を習わせもし、手塩にかけて育てたつもりだ。

あんなにも、よく言うことをきいていた我が子の変貌を目《ま》の当たりにして、文弥は途方にくれるばかりだった。

いったいなにが起こったのか。

二人の幼いころを思えば、音も立てずに誰かが忍び寄り、子供たちの心をすり替えたのではないかと疑うほどの変わりようだ。

後悔と溜息。正直言ってどう教育したらいいのか見当もつかなかった。いや、なにもかもが混乱の極みなのだ。

そんなとき妻がこう畳み掛けてきた。

「仕事はパッとしない、家庭は顧《かえり》みないじゃ、男としてあまりにもふがいないじゃない」

「なにか言いなさいよ」

「あら、また黙《だんま》りなの？」

しつこくやられた。

「そうよねえ。しょせんはA大の通信教育部だもの、しょうがないわ。ま、あなたの家庭は、私の家と違って下層階級だったし」

有名大学出を鼻にかけた伴侶の嘲《あざけ》りが文弥を襲った。学歴コンプレックスを思い切りつつかれ、ほんのわずか、ほんの一握りほど残っていた男のプライドは木っ端《こば》微塵《みじん》である。

あのときだけは自分に課したはずの掟《おきて》を破って、なにを血迷ったのか文弥は勝負に出てしまっていた。

かっとなった。気がつくと手が動いていた。

勝手に手が動きピシャリとやっていたのだ。むろんはじめてのことだった。

志穂の頬が心なしか赤くなった。自分でも思ってもみないことで文弥自身茫然としていると、志穂は冷静に警察を呼んだのである。

DVだと言う。

DVがなんのことか分からず、とっさに新しいDVDのことかと思ったのだが、domestic violence（ドメスティック・バイオレンス）の略で家庭内暴力だという。

――平手が家庭内暴力だと？――

文弥の小さい頃、両親は派手にやりあっていたし、文弥だって親から毎度ゴツンとやられていた。いつから平手打ちが刑事事件になったのだ？

むろん昔だって暴力は違法だが、ゴツンやピシャリくらいで目くじらを立てるやつはいなかった。

志穂はそれを大袈裟《おおげさ》に騒ぎ立て、警察沙汰にしたのだ。

デモでの体当たりを口実に、軍隊を投入して機関銃をぶっ放すような仕打ちだ。やった程度に対する報復の度合いがひどすぎる。

あとで冷静になって分かったことだが、これは志穂の策略だった。チャンスを狙っていたのである。

あらん限りの罵詈雑言《ばりぞうごん》を浴びせて文弥を挑発する。それに乗って手を出してしまった文弥は飛んで火に入る夏の虫、まんまと火中にダイブしちまったというわけである。

志穂も浅ましいが、ひっかかった自分も馬鹿だと思った。

しかし呼ばれて来た警察は虫酸《むしず》の走るくらい最低なやつだった。

昔はまあまあ旦那さんも穏やかに、奥さんも落ち着いて……と仲を取り持ってくれたものだが、来た警官はいきなり逮捕するぞ、と文弥の前に居丈高《いたけだか》に立ちはだかったのだ。

「あんた、暴力ふるって反省していないのか」

警官は文弥を睨《にら》みつけた。年恰好は同じくらいの男だった。

「暴力って……そんな大袈裟なものじゃないですよ」

「身体に触れたんだろ？」

「ええ、まあ」

「だったら暴行だ」

「怪我《けが》だってしていないし」

「傷害罪だとは言ってないだろ」

厳しい口調に文弥は目をそらし、下唇を嚙んだ。

——暴力だと？　僕はいつもゴミ扱いなんだぞ。係長止まりだ、収入が少ない、三流大学の通信教育だ、家柄がチンケだと数え出したらきりがないくらい罵倒されている。これはイジメだろう。こっちは人間の尊厳を守るための正当な怒りを示しただけだ。やい警官。おまえは男じゃないのか？　男の気持ちが分からんはずはあるまい。正義漢面しやがって。そうかい、せいぜい女の味方をしていろ、この女好きが！——

口惜《くや》し紛れの悪態が胸の中でさ迷う。

結局ひたすら謝ってことなきを得たが、それ以降、志穂の態度がさらにでかくなった。

「文句があるの？　また警察に来てもらってもいいわよ」

警官が己に代わって文弥を成敗してくれたものだから、味をしめて二言めにはこう胸を張るようになったのだ。

——あの勝ち誇った顔が憎《にく》らしい——

口は元々達者だ。おまけに警察という番犬を味方につけてしまっている。鬼に金棒とはよく言ったもので、こうなったら金輪際《こんりんざい》逆らえない。

女は警察がガードしているのだ。世の中狂っていると思った。

考えてみれば最近強化された痴漢、セクハラ、ドメスティック・バイオレンス、ストーカー……すべての法律は女を守る砦《とりで》だ。

元来、法律とは専守防衛だが、これらは違う。立派な攻撃用の女の武器で、なにかあればそのどれか一つ、二つを見繕《みつくろ》って騒ぎ立てればいいのだ。

どこまでがセクハラで、どこまでがストーカーで、痴漢だってDVだって拡大解釈は無限に近い。

男にはその境目が見えないのだ。見えるわけはない。女の気分しだいで、こっちはいつの間にか違法の領域に立たされているのだから。

まるでステルス戦闘機だ。これで制空権ならぬ「制家権」は完璧に女のものである。

――くそ――

女は男より七年も長生きし、さらに女御用達《ごようたし》の法律まで手に入れ、今や史上最強の動物と化している。

女は強い。無敵だ。自分も女になりたい。

夜の八時三十分、女装を完了した文弥はホテルを後にした。

派手なパッチワークのバッグを持って繁華街をぶらつく。さっそく男の目が殺到する。珍しいものでも見るような目つきだ。

——なんだよ……——

睨み返すと、ほとんどが目を逸《そ》らす。

——ざまあみろ、しょせん、女にはかなわないんだ——

ふんと文弥は鼻を鳴らし、顎《あご》をそらす。とたんに優越感を含んだエネルギーが全身に広がる。

——これだ……やめられない——

店の前で足が止まった。いつもの店だ。舗道がビラで汚れている。気にせずハイヒールの靴で踏んづけたまま、ポスターに目を近づける。

〈すてきなミスター・レディー大募集、年齢よりハートを重視……パート歓迎〉

——週に一度だけなら、できるかも——

溜息をつき、躊躇《ちゅうちょ》し、未練を残し、そしていつものように店を離れる。

繁華街を一時間くらい最高に気取ってぶらつき、男どもを振り返らせる。いや女だって注目する。そりゃそうだ。ハイヒールを履けば百七十五センチにもなるんだから、背丈《せたけ》ならモデルに負けない。

高揚する二時間。アドレナリンががんがん分泌し、完全な中毒。もうやめられない。

そんな時だった。会社から突然、解雇を言い渡されたのは。

経営が行き詰まった挙句、丸ごと外資系に身売りしたのである。

噂は本当だったのだ。乗り込んできた新経営陣が下したのは大幅なリストラで、いの一番に存在感のない文弥の名前が呼ばれた。

「僕に落ち度があるとは思いませんが……」

「むろんだよ、君」

人事課長が、諭《さと》すように言った。

「気持ちは、充分に承知している。私としても残念だ。しかしここは、もう今までの会社じゃない。外資なんだ。これがコスト・カッターとかなんとか、まあアメリカ流というやつなんだろうね、いきなりずばっとくる。いやあドライというかクールというか、私も実に驚きなんだな」

「でも課長、いきなりなんてモラルに反しませんか？」

「モラル？」

「ええモラルです」

「相川君……いや相川さん、モラルなどという勇敢な発言は慎むことですよ」

課長の意味ありげな視線が、ちくちくと文弥の胸のあたりを刺した。

「自分の首をしめることになりやしませんか？」

「えっ」

きょとんとした。

「そのーなんといいますかね」

空咳《からぜき》を払った。

「つまりご趣味のことで、妙な噂を耳にしているのは私だけではありませんでね」

上目遣いで付け足した。

「私は信じませんよ。しかしあらぬかっこうで新宿界隈を……という噂が一人歩きしていてね」

文弥は口をつぐんだ。限界である。

このときばかりはこれまでのやり方、つまり耐えるとか、流すとかいう身の処し方ではどうにもならなかった。

会社に長くへばりつくことばかりを考えていた文弥は、うろたえるどころの騒ぎではなかった。頭の中が真っ白になり、酸欠と放心状態が数時間続いた。

妻といい、子供たちといい、そしてこの会社といい、どうしてこううまく行かないのか？

——呪われているのだ——

とにかく死刑は刻々と迫っている。

あと三カ月。家族にどう言えばいいのか？　その後は？

そんなことを考えると頭が狂いそうだった。

体調がおかしくなった。微熱が続き、下痢が止まらず、なにをやっても身が入らない。気が塞《ふさ》ぎ、休みがちになった。

もう相手にしていないからだろう。会社は、そんな相川を咎《とが》めることもなかった。

そんなときの救いはやはり女装だった。

家には遅番だと偽って昼近くに家を出て、顔なじみのビジネスホテルで俄《にわか》女に変身する。それしかない。

その日もそうだった。ホテルで念入りにメイクをすませて夕刻新宿に出た。

相変わらずの人波だった。

香水を振りかけた文弥に目が向けられる。奇妙なものに対する視線、冷やかし、中には憧れもある。

こんな時はどんな視線でもかまわない。あらゆる注目がたっぷりとエネルギーをもたらしてくれるのだから。

足は歌舞伎町の方へ向いていた。いつものゲイ・バーである。入り口脇のガラス掲示板にはニックネームと一緒にゲイの写真がずらりと並んでいる。

――ずいぶん若いなあ……うん？　なあにこれ、アハハおばさんじゃん。いやだな、こんな壁塗り厚化粧。でもひょっとしたら僕だっていけるかもな。とりあえずの収入になるし……――

「あら、今日は休みよ」

声の方に振り向くと、年端《としは》のいったゲイが立っていた。

頭にスカーフを巻きつけ、女装とも男装ともつかない中途半端なかっこうだった。

「それとも、仕事がしたいのかしら？」

ドアの鍵を開けながらしゃべり続ける。品定めの視線が上下に忙しい。

「ああ、はい……いえ……」

「迷ってるんなら、やめることね。そんな甘くないんだからさ」

「すみません」

率直に、頭を下げた。

「それにあんた、ゲイじゃないんでしょう？」

返答に窮《きゅう》した。するとドアに手を掛けたまま、改めて文弥の女装姿を舐め回すように見た。

「そのかっこうなのに、しゃべりは完全に男だし」

「ああ、はいっ、そうなんです」

もじもじと続けた。

「女装してから、他人と話したことないもんですから……そうですよね……変ですよね」

しゃべっている自分の太い声が、妙におかしかった。

「コスプレ趣味って最近増えてるのよ。まあゲイの予備軍かもしれないけど……」

ちらりとまた顔を見て言った。

「あんた完全なノンケよね」

「ええ……女装が好きなんです」

「変身じゃなくって、別人になりたいんでしょ?」

お尻でドアを押さえながら続けた。

「現実からの逃避ってやつね」

「……」

「弱いのよ」

「はい」

「気持ちは、分からないでもないけど」

「そうですか」

嬉しくなってしゃべった。

「なにかこう強くなりたいというか……女性って強いですから」

ゲイは口に手を当て、カッカッと笑った。

「あんたもなんだわねえ。女になりたくないけど、女になりたい男なんだ。女装は鎧《よろい》ってわけ」

「あっそうです、そうです」

文弥は心で、その通りだと手を打って付け加えた。

「女って動物はほんとうは強いくせに、社会的弱者として扱われている。そこが強みです」

「あんたの魂胆は、男のまま、女並みの庇護を受けようという腹ね。いいとこ取り。虫のいい話なんだけど、まあ人間なんて多かれ少なかれ虫のいい話を渡り歩いているわよね。よかったら入ってく？」

「いいんですか？」

「いいわよ、忘れた帳簿取りにきただけだから」

「言い遅れましたが、相川文弥と申します」

「申しますって、随分硬いわねえ。呼び名でよかったんだけどさ。あたしはアーチャー」

「アーチャー?」

「弓を射る人よ。ハートを射止める狩人《かりうど》なのよ」

「この部屋、臭いでしょ?」

確かに酒のすえた臭いがする。

「お店をやっているときは、ぜんぜん気にならないのに、休日とか昼とかはなぜか耐えられないわ、この臭い。そこに掛けて」

小さなオフィスだった。

「あたし、ここのお店をまかされているんだけどね。周りはゲイばっかりでしょう? ときどきうんざりする」

「……」

「みんな武器を知っているコばっかだからさ。なにきょとんとしているのよ。あんたが、たった今言ってた女よ。最強の武器でしょう?」

「ああ、はいはい、そうです」

ステルス戦闘機と言おうとしたが、説明が面倒なのでやめにした。

「あたしはか弱い女よ、そのか弱い女をどうしようっての？　いじめるわけ？　って公の場で言われて、太刀打ちできる男いる？　無理よね。それを見習って男は進化した。それがゲイよ。ゲイって、女の武器を手に入れた新人類。ミュータントよ。なんせ男、女、ゲイの三種類の人間になれちゃうんだから」

「……」

「分かる？　あるときはか弱い女、あるときはゲイという哀れなマイノリティ、そしてあるときは開き直った男。さっきあんたが言った都合のいい生き方」

「あっそうか、三種類の人間かあ」

「でもさ、身内だからその使い分けが鼻につくのよね。醜《みにく》く使いこなすゲイは、最低」

文弥が得心《とくしん》し、つい自分のことを打ち明けはじめた。

なぜつまびらかにしたのかは自分でも不思議だったが、会社を首になったことや家族のことまでも口にした。

アーチャーは、しばらく親指を噛んでいたが、やおら向き直った。

「で、どうしたいの？」

「分かりません。死にたいと思ったこともあったけど、そんな勇気はないし……」

「けっこう深刻ねえ」

「正直、全部から逃げたいんです」

「いっそ東京を離れたら？」

「無理ですよ」

「あら自分で限界作るタイプね、あんた。それじゃ話しても無駄よね。ここで終わり。こ・こ・ま・で」

ぷいと横を向いた。それから長い爪を眺めながら言った。

「あんたって意外とつまんない。だってそうでしょう？　あたしの話、言下に否定されたら、それ以上会話は成り立たないわよ」

「ごめんなさい……」

「自分のことちっとも分かってないのね」

「……」

「女装ってね、すごいことなのよ。なにがすごいって、世間の白い目をなに憚《はばか》ることなく跳ね返せるんだから。異端審問《いたんしんもん》を潜《くぐ》っちゃうわけ。その段階で、男のお馬鹿な沽券《こけん》とか、殻《から》とかそんなものをぶち破ってんの。分かる？　並の男じゃできないんだからさ。あんたさっき自分は弱いって言ってたけど、そうでもないのよ」

「そうですか……」

「そうよ」

文弥はどこかほっとした。

「でもね、相手の提案をハナっから拒絶する人って伸びないわね」

「すみません……」

顔を上げると左正面に鏡があった。

自分の姿が映っている。アイシャドウ、付け睫毛《まつげ》、口紅……。一瞬眼が眩《くら》み、いきなりどこかにワープした。

「そうそう、そうやってしっかり見つめなさい、自分の姿。それが正真正銘のあんたなのよ」

妻に解雇を打ち明けたのは、二週間後だった。告げる勇気がなく、うじうじとしているうちにあっという間に日がたってしまっていた。

志穂は驚き、怒り狂った。

「どうやって食べていくのよ。一刻も早く職を見つけなさいよ、この役立たず！」

罵声の大津波を背に、文弥は再び家を飛び出た。

とりあえず、それしかなかった。

ハローワークに足を向けたが、多くは肉体労働と専門職かパート、これと思うのは年齢制限の壁が文弥を拒絶した。

ヘトヘトだった。腹がすいたので牛丼屋に飛び込んだ。

せめて潔く正しく腹を満たそうと牛丼を頬張っているうちに、会社への憎しみがむくむくと頭をもたげた。

ひとえに会社が悪い。とつぜんのリストラなど言語道断だ。こんなことが民主主義の世の中で許されるのか？　いや国家も悪い。なにがＧＤＰ世界第二位だ。国民が簡単に路頭に迷う経済大国なんてまやかしだ。

――ふざけるな――

半ば放心状態で注文し、出たものをただ掻《か》き込んでいるだけである。味など分からなかった。食べ終わって、お茶を呑む。お茶を呑み終わったからには席を立たなければならない。

――これからどうする？――

文弥は会計を済ませてから腰を上げた。隣と肘がぶつかり、すみませんと言ったとき、はっと思った。

「あれ、アーチャーさん」

「……」

怪訝《けげん》そうな目が見返している。笑顔だが、とりあえずの作り笑いで、ぜんぜん文弥に気付かない。男の文弥を見るのは、はじめてなのだ。

「相川文弥ですよ。ほら休日にアーチャーさんの事務所で話した……」

「えっ事務所で？　あら、いやだ、なんだあの時の絶望男……」

と口に手を当てた。

「こんな所で、なにしてんのよ」

と、スーツ姿をじろじろ眺めた。

「職探しです」

「だと思った。で、成果はあった？」

文弥は首を振った。

「でしょうね。あんた、いかにも半端《はんぱ》だもん」

「半端？」

「そう」

とアーチャーは会計を済ませると、ラメのポーチを手に出口に向かった。

「あのう、時間ありますか？」

「話したいの？」

「ええ」

「図々しいわね」

苦笑してから、開店までの少しならと言った。

傍《かたわ》らのコーヒーショップに誘った。

「あたしタバコの煙、だめなのよ。気管支炎の気《け》があるから」

「僕も吸いません」

「よかった。禁煙席にしましょうね。日本って嫌煙権についちゃ、かなり遅れているでしょう。いたるところ自販機が置かれているし。欧米じゃ考えられないわよ。なにが地球環境よ。タバコの税金十倍くらい取っちゃえばいいのよ。人様に迷惑かけてんだから」

ぷりぷりしながら入店し、レジ横でコーヒーを受け取って奥に座った。

「さっさと食事を済ませて、あとはいつもここで孤独を楽しむの。お店に戻ればわあわあと戦争だからさ」

「いいなあ、活気があって」

しみじみ言った。

「よく見えるのよ、他人は」

「そうかもしれないけど……ここでなにしているんですか？」

「ボーッとね、カード占いとか」

アーチャーはコーヒーをすすりながら文弥と目を合わせた。意外にごつい顔だった。

昼時である。客は絶え間なく入れ替わって落ち着かなかった。

「つくづくあんたって男は中途半端だって思うわよ。女でもないし、かといって男で勝負もできない。親切でもないし、不親切でもない。大人でもないし、子供でもない。そんな感じ。そういう人って、よくって無視、悪いと敬遠《けいえん》ね。つまり、いてもいなくても、どうってことないのよ」

「……」

「溜息ついちゃったわ、この人。ハキがないわねえ。なんかこう……ときめくことってないの？」

「女装」

「それ以外よ」

「とりあえず、なんにも……」

「い、い、とりあえずって台詞《せりふ》やめなさいよ」

「えっ」

「失礼よ。だってそうでしょう。とりあえずなんて、あたしの質問に真剣に取り組んでないってことでしょう？」

「そんなつもりじゃ……」

「そっちがなくても、こっちにはそう伝わるんだから。ほんと鈍感なのね、あんた」

「すみません」

「まあいいわ、なんの話だったかしら……そうそう、ときめきが見つかると方針が決まってくるんだけどね。この先を占ってみてもいいわよ」

「手相で？」

「タロットよ、でも二千円」

「えっ、お金いるんですか？」

「あたりまえじゃない。うちのコ、随分助けてんのよ、これで」

アーチャーは、腕をまくってラメのポーチからカードを出した。

馴れた手つきで随分長い間シャッフルした後、文弥に自分の将来を念じながらカードを半分に分けるよう指示した。

言われたとおりにするとアーチャーは、旨《うま》そうにコーヒーをすすった。

おもむろに一枚を捲《めく》る。すぐ二枚目を摘《つま》んで並べる。じっと見つめ、またゆっくりと一枚を捲《めく》った。そうやってたっぷり時間をかけて十枚を並べた。

並べ方の順番や形があるようだった。むろん文弥には分からないことである。

「あのう、僕大丈夫でしょうか？」

「〈女帝〉のアチェかあ……」

「なんですか」

「〈女帝〉はいいんだけど、カードが逆《さか》さまに出ちゃってるから、家庭不和、無駄な労力、よい結果をもたらさない努力、ってことよね」

「絶望的じゃないですか」

「それだけならね。でもほらここに〈力〉が来ているからさ。克服、勝利が匂っている……でも座りが悪いなあ」

「こっちのカードは」

と言って文弥が指さした。

「見るからに不吉な絵柄ですよね」

「ああそれシ・ニ・ガ・ミ」

「えっ、死神？」

「ちょっとあんた黙ってなさいよ。タロットは読みが肝心なんだからさ。死神だろうと悪魔だろうと、組み合わせで意味合いがころっと違ってくるのよ」

奥が深そうだった。

アーチャーの真剣な眼差しが、カードを何度も往復する。考えるように、ほっこりした厚い唇に指を当て、額をこすり、首を捻《ひね》った。

「〈隠者〉がここにあって……〈審判〉のアチェ……」

指先でカードをとんとんと突いて考える。難しい顔だ。

無意識にコーヒーを呑み、それから祈るように目を瞑《つぶ》った。

一瞬、卑弥呼のイメージとダブった。ひょっとしたら卑弥呼は女装のゲイ男だったのかもしれないなと思った。アーチャーが突然目を見開いた。

「あんた最近、夢見てない？」

「えっ……いろいろ見ますけど」

「中でも気になる夢よ」

そう言われて思い当たった。

「そういえば、連続三回見た夢が……」

「ひょっとしたら海が出てこなかった？」

「出てきました」

「それね、きっと……」

「なんですか？」

「あのね。今住んでいる家、磁場が悪いのよ」

「磁場……ですか？」

「そう、地球は電磁波を放っている」

ちらりと顔を上げて言った。

「その波動は場所によって違っていて、自分に合った波形じゃないと魂が蝕《むしば》まれるのよ」

「はあ魂ですか……」

「今の場所ならすべてが崩壊、極端に言えば家族全員の関係が狂ってくる……」

つと顔を上げた。表情は真剣を通り越して怯《おび》えの色が浮かんでいる。

「一家心中よ」

文弥が息を呑んだ。

「でも、夢に出てきた海に逃れると安泰。カードはそう強く訴えている。これほど強い暗示はめったにないわね。そこに行けばすべては収まるって」

「でも、夢に出てくる海は真っ赤な海で……」

「真っ赤？」

「なにを意味しているんでしょう」

「南国の海へ行けということかしら」

と言って、散らばっているカードに目を落とした。

「違うわ、逆よ。北ね、方向は」

「北……」

「南は絶対だめよ、〈塔〉という警告のカードが出ているから」

「だめですか？」

「だめだめ、この絵柄見てよ、塔からまっ逆さまに人が落ちてってるでしょう?」

「……」

「お話にならない。まちがっても南に行っちゃだめよ。そっちにも死が待っているんだから」

「ほんとですか」

「なによその目。ちょっとあんた、あたしのこと疑ってない?」

「いえ」

「タロットには、神のご聖断が現われるのよ。こう言っちゃなんだけど、自分でも怖いくらい当たるんだから」

と言ってアーチャーが身を乗り出し、小声でしゃべった。

「あたしの忠告を聞かない客が、毎年一人くらい死んでんのよ」

文弥は目を丸くした。

「死んでますか?」

「そう死んでるの」

それからコーヒーをすすった。

「分かった? だから真面目に聞きなさいよ。あんたの夢に出てきた紅い海に移れば、仕事的にも安定」

「……」

「ちょっと、これ見て」

嬉しそうに視線を誘導した。

「〈節制〉のアチェ。いいこと、ここに陽が昇っているでしょう？　復活、再生を果たす、という心強いカードがずばり」

「ほんとですか？」

「だからあんた、今までなに信じてきたの？」

「なんといいますか、流れのままといいますか、でも結局は自分の判断でしょうか……」

「で、このザマじゃない？」

アーチャーが睨んだ。アイシャドウと付け睫毛に囲まれた目が、アワビのようで怖かった。

「人生には、いたるところにサインがあるのよ」

「サイン？」

「そう、日本語で言えばお印。まあそれはノイズに紛れているから、あんたみたいな鈍感な人は見分けがつかない。たとえば……女装して、お店に来て、あたしと会った。最初のサインは女装で、次があたし。そしてさっきまた偶然再会したでしょう？　これも立派なサイン。全能の神がそう導いているって感じがしない？」

「ええ、そう言われれば……なんとなく」

「頼りないわねえ。いいこと、周囲に気をつけるのよ。あちこちにサインが出てくるから」

「どうやったらノイズとサインの見分けがつくんです？」

「この世にサインがあるってことをまず信じること」。言葉を区切り、理解を求める。それとできるだけ心を静かにする。瞑想とかがいいんだけど、まあ素人《しろうと》には無理だから……そうねえ、ただ穏やかに目を瞑るだけでも効き目はあるわね」

「それだけで？」

「欲張らないでよ。なにごとも急《きゆう》ってのはなし。徐々にあんたのアンテナが開いて、神様の信号が飛び込んでくるって寸法《すんぽう》ね。まあ素質がないとだめだけど」

「素質ありますか？」

「信じなさい。あたしと出会って、このタロットとご対面しているんだから」

嘘でもうれしかった。

「あんた、人生で三人の人物と出会うわね。カードによれば……」

覆いかぶさるようにカードを覗き込んだ。

「その三人が鍵を握っていて、あんたの人生が完成する」

「完成しますか？」

「ええするわね」

ふうと溜息を漏らしてから付け加えた。

「これだけは忘れないでよ。東京に踏みとどまっていたら、家族のだれかが死ぬってこと」


突発的にしゃべった。

「引っ越したい」

「引っ越し？」

志穂がぽかんとしている。

「なに言ってるの」

「北に引っ越す……」

「気でもふれたの？」

反発というより、半分笑ったような怯えのような目が返ってきた。

言い出した当の本人も驚いている。

普段の文弥なら慎重に次の職場を見つけておいて、志穂の機嫌のいいころあいを見計らって、おずおずと切り出していたはずだ。

決断を下すほど考え抜いたわけではない。哲学的な新境地に達したわけでもない。馬鹿馬鹿しい話かもしれないが、追い詰められて崖っぷちの細い道を歩いている文弥にとっては、アーチャーの占いがすべてだったのだ。

そしてタロットの暗示は、北海道だという思いが日増しに強くなっている。

今ではどんな結末になろうとも、一番望ましい所だと確信している。

しかしなぜ沖縄でなく、馴染みのない北なのか？

そう訊かれても、占いに理由などはない。

アーチャーと会い、なにかに取り憑《つ》かれ、その瞬間から違うところに身を置いたような気がしてならない。

「移住だなんて、卓の教育はどうなるの？　無責任だわ」

志穂が少したってから、防御本能をむき出しにしていきり立った。

「卓の教育？」

文弥が訊き返した。

「そうよ、どうする気？」

「どうせ今でも不登校だよ。転校したからって関係ないだろうさ」

呟《つぶや》き声で言ったつもりだったが、こういう時に限って相手の耳に届くものだ。

キッと志穂が睨んだ。

「いやつまり……卓の場合は環境を変えるのが、なによりの手当だと思ったんだけど」

　とりなすように弁解した。

「あらそう。じゃコトニは？　あの子はまだ友達が必要な時期じゃない。急にみんなから離すなんて、そんなかわいそうなことできません」

「そうかもしれないけど、コトニの取り巻きだって」

　文弥は敵と視線を合わせないで、ぼそっとしゃべった。

「つまり今の友達に問題があるんじゃないかな？　だったら総取《そうと》っ替《か》えは、むしろ良い方向に行くと思う……」

　声が先細りになった。

「馬鹿なこと言わないでよ。相変わらず、子供の気持ちなんてぜんぜん分かろうともしないのね。そうよね、ずっと育児に背を向けてきたんだから」

　むかっときたが、文弥は軽い咳払いをして頭を冷やした。

「職は、僕が自分で見つける」

「あらそう、せいぜい見つけてらっしゃいよ。やれるもんなら」

「おお見つけてくる」

　思わず言い返した。

「カッカこないでよ。北海道にだれか知り合いいる？　親戚だっていないじゃない」

「今までだって」

いつもと違って、文弥も引かなかった。

「親戚付き合いなんてあったか？」

「いざ、という時の話じゃない」

志穂が苛立《いらだ》ちの語気を荒らげた。

「気が利かないわね、まったく。付き合いがあるかないかじゃなくって、親類が近くにいるかいないかよ。気分的に随分違うでしょう」

「おまえこそ分かってない」

「また、そうやって私に逆らう気なの？　みっともないわね、収入もないくせに。まるで百姓一揆」

「黙れ」

思わず怒鳴った。

「僕は一人でも行く！」

いつもと違う文弥に、志穂は半ば呆れたように見返している。

当の本人が一番驚いていた。いったい自分はどうしたのだ？

身体のどこかに強力なスイッチが入ったようだった。

「じゃ一人で行ったら？」

「そうする」

「上等ね、じゃ別れましょ」

「別れる？」

「はっきり言って、あなたにはもうついていけません。稼ぎのない夫なんてまっぴら。でも、子供と退職金はいただきますからね」

「おまえ……」

「当然でしょう。子供には養育費ってもんがかかるんですから」

ひどく疲れる言い合いだった。

最初はそれほど悪くなかった。ところが、次に津波のようなすさまじく重い感情が襲ってきた。

一時はうなだれたが、洗面所に行きかけた足が止まった。

冗談じゃない。なんて言い草だ。それが毎日毎日満員電車に揺られて一家を支えてきた夫に対する台詞《せりふ》なのか？　身勝手すぎる。

――よし、それならこっちにも考えがある――

もう妥協はなしだ。退職金だけは譲れない。最後の砦だ。

「なに深刻ぶっているの。あなたから切り出したんでしょ? その希望を叶えてあげると言っているのよ」

相手にせず洗面所に向かった。歯を磨きながら思った。

——志穂などどうでもいい。小憎らしい子供たちだってこのさい厄介払いだ。だれが退職金など渡すものか。死守する——

北海道への入れ込み方は尋常ではなかった。

たかだかタロットカードである。

にもかかわらず、身体の芯を突き動かすパワーがあった。これはきっと、人知を超えたなにかが文弥の魂を鷲づかみにしているのに違いないと思った。

むろん移住に対する漠然とした不安は、気持ちの真ん中にある。

まずは雪だ。雪に埋もれての生活などまったくの未経験である。

西も東も分からぬ酷寒《こっかん》の北海道生活は、ぬくぬくと暮らしてきた東京者に、はたして可能だろうかとも思う。しかしそれを押し返す強いものがあった。やはりタロットカードの呪縛であろうか。

三人の人物と会い、人生が完成する。

いったいだれなのだろう。

口をゆすいで居間に戻ると、すでに志穂がいなかった。

缶ビールを手にテレビを点《つ》けた。

ぼんやり見ていると、どこかの街が映った。旅行番組かなにかだろうが、見覚えのある女性タレントが舌足らずにしゃべっている。

「真冬でも降雪量が少ないんですよ〜。雪かきの心配は、ほとんどいらないなんて、信じられない〜」

文弥は身を乗り出した。

——これは北海道じゃないか。あっ、これはひょっとしてアーチャーの言ったサイン……どこだ？——

しばらくしてナレーターが口走った。

「伊達《だて》……」

北海道の西南部、太平洋が丸くえぐっている通称、噴火湾に面している海辺の街だ。

新千歳《ちとせ》空港から車でざっと一時間、近くには洞爺《とうや》湖や有珠《うす》山もあって退屈しない大自然に囲まれているとナレーターはしゃべった。

人口は、四万人に満たない田舎《いなか》町らしい。

——これはサインなのか？　そうだ、きっとサインに違いない——

勘がそう言っている。いい風向きになってきた。とにかく急ぐことにした。

伊達へ

文弥が伊達に飛んだのは、五月になったばかりのころだった。すがったタロットカードに下駄を預けるなど狂気の沙汰だろうが、どう頭を絞っても選択はそれしかなく、それでもどこかに救いがあるという一筋の光明を感じている。虚空へ向かっての跳躍ではない。

そして悪い逃げでもない。ポジティブな移動だ。そう思いたいし、そう信じたい。

退職金八百万円のうち、今回使える軍資金は五十万円がぎりぎりだ。これだけで暮らしを整える。間に合うかどうかは分からないが、それ以下に抑えなければならないのだ。

伊達の駅に降り立った。

あきれるほど晴れ渡り、さっぱりとした空気が広がっていた。

心地よさは天国なみだ。

駅前には一応小さなロータリーみたいなのがあって、二階建てくらいの低い建物が並んでいた。

面食らったのは静けさだった。しんとしている。どこの駅前にもある喧騒《けんそう》が存在しないどころか、猫一匹、動くものはなかった。タクシーも見当たらなかった。つまり人の息遣いが感じられないのだ。古風な鞄を両手に、あっけにとられながら立ちすくんだ。

こんな風景はいまだかつて見たことがない。一瞬、宇宙人の殺人光線にみな殺《や》られたのかと思ったくらいだった。不気味だったが、覚悟はできている。人間どこかで暮らさなければならない。東京でなかったら、ここだ。

気を取り直して深呼吸を一つした。

――よし、やるぞ――

だいたいのことは頭に入っている。役所から街に関する資料を一式取り寄せて、ざっと目を通していたのだ。

さっそく役所に足を向けた。

『移住課』

前代未聞の課だが、受け入れにやる気が見える。

「あのー、私、東京の相川といいますが」

「はい、お待ちしておりました」

三度ばかり電話で話していたので、甲高い声には覚えがあった。沢野と名乗った。痩身の若者だった。

これまでの役人と違って、訪問者をもてあますような素振りはなく、それどころか恐縮したのはなんと沢野が自ら、街の案内役を買って出たことだった。

「いいんですか？　僕みたいな者につき合って」

何度も念を押したが、ちょうど時間が取れるのでと笑みを絶やさない。

さっそく街を車で走った。着いたその日に、役人自ら無料市内見学会をやってくれるのだ。ツイているというか、これもタロットの威力かもしれない。

「今年の桜は例年より早くて、もう見ごろなんです。このあとはツツジのシーズンになりまして……」

沢野は運転しながらガイドのように説明した。

人の賑わいはなかったが、自然が賑わっていた。

むろん閑散とした田舎そのものだ。しかしうらぶれたとか、侘《わび》しいとか、ひび割れといった、みすぼらしい風景とは無縁の街で、いたって小ざっぱりしている。

「北海道はアイヌの人々以外はみなさん移住者ですから、わりと余所《よそ》者扱いはしないところなんです」

文弥をちらりと見て付け加えた。

「お互い様ですから」

「沢野さんも？」

「ええ、曽《ひい》じいさんが岩手で、曽ばあさんは秋田です」

「へえ、そうなんですか」

「貧しい上に多くの子供を抱え……昔はどこもそうだったのでしょうが、口減らしのために本州の家を追い出されましてね」

明るく続ける。

「で、新天地の北海道にやってきて、このあたりで二人は知り合うというストーリーなんです。フロンティア精神というより、破れかぶれです」

屈託なく笑った。気が楽になった。

彼が言うように北海道人は、アイヌを除いて文弥同様ほぼ新参者なのだ。

街を抜け、海に向かった。沢野は小さな漁港で車を駐めた。

久しぶりの青い海は目に眩《まぶ》しかった。

コンクリートの堤防、漁船、桟橋……目に映る一つ一つが、文弥の心を和《なご》ませた。

魚臭くもなかったし、銀蠅も飛び交っていなかった。

ここは想像よりまるでいい。内心、伸《の》るか反《そ》るかだったが、目の前に広がる海景色にほっとした。

潮の匂いを嗅いだ。濃密な甘い潮の香り。これが自然の空気なのだ。

つい三時間前までいた東京を思い返した。

狂気の通勤地獄、交通渋滞、汚染物質の臭い、雑駁《ざっぱく》に生い茂った建物群、ごちゃごちゃとのたうち回る猥雑《わいざつ》な道、じめじめとした長雨、四カ月にわたる酷暑、いつ襲ってくるかもしれない巨大地震。

――やっぱ、ゴミの寄せ集めだ。人間の暮らすところじゃなかったな――

東京は欲望と不満と怒りで爆発寸前だと思った。複雑な事情、仮面を被《かぶ》った複雑な人々に一瞬たりとも気は抜けず、確実に心身を蝕《むしば》んでゆく。

都会が悪で、田舎が善というわけではないが、なぜ今まであんな場所にしがみついていたのかと、真っ青な海を目の前にしてつくづく思った。

「波がないのは、ここが大きな湾になっているからなんです」

「なにが獲れるんです？」

「カレイ、鮭、ホッケ、ホタテ……」

沢野は考えるように指を折った。途中で気が付いたようにはにかんだ。その素朴さは好感のもてるもので、むしろもっと自慢をすすめる。

――若者よ、故郷に胸を張れ！　ああ余裕だなあ――

きらきらと春の海が照り返している。文弥は五感をだらりと弛《ゆる》めて自然を満喫した。

すっかり気分が高揚し、自分がこれから住む街だというのにデジカメであちこちを写しまくった。

海を離れ、山へ向かった。

穏やかだった。自然があるが、それは放置されたものではなく、隅々《すみずみ》まできちんと手入れがなされている。

別天地だ。はたしてここは日本だろうか？

空気、山、海、風、草木……違う。

やはり幕末までは、平和でおおらかな縄文文化を受け継ぐアイヌの領域だったのだ。

半日でざっと土地の感触を摑んだあと、ついでにと沢野に勧められるまま移住者のためのボランティア団体事務所を訪れてみた。

そこで話を聞き、街案内のビデオを鑑賞した。

耳に心地よいいことずくめで、まだ気はゆるせなかったが、詐欺師たちの遠吠えには聞こえなかった。自信という地盤が補強されていく。

定住

住まいはすぐに見つかった。

海際とはいかなかったが、まあまあ海に近い。

家賃六万五千円也。この街の一軒家としては相場だろう、古いがちっちゃな庭もあって、家の広さは充分だ。

なぜ独り身なのに、大き過ぎる戸建ての一軒家にしたのか？

心の片隅に、うじうじと家族をまだ抱えていたいのだ。

そう簡単に切れるものではない。血とはそういうもので、ひょっとしたらひょっとして、また元の鞘に収まるということもありうるという淡い期待だ。

職探しは二週間で完了した。

〝案ずるより産むが易し〟である。あるいは〝門を叩け、さらば開かれん〟ともいう。とにもかくにも、隣町にある電気部品メーカーに決まった。

給料は今までの半分以下だったが、このさい贅沢の言える立場ではない。

それに東京と違って、生活費がぐんと安い。それを考えると実質同じくらいだと折り合いをつける。

不安はあるが、これまでのところ順調だ。上々といっていいだろう。

不思議なことにコスプレも遠退《とおの》いている。というよりぜんぜんそういう気分ではない。狭い街では、女装など論外だが、室内でさえまったく心が動かなかった。それどころか、あれほど大切にしていたコスチュームのいっさいがっさいを、どこかに捨てたい気持ちになっている。

根本的に何かが変わったのだ。

アーチャーの言う磁場がそうさせるのか、それとも伊達の持つ自然が本来の自分に引き戻したのかは知らないが衣装、化粧道具を紙袋に詰めて、街のゴミ箱に放り込んだのは、ここに来て十日目のことだった。

捨てた瞬間、さっぱりした。

ささやかな冒険に終止符を打ったのだが、なにかこう長年こびりついていたデキモノが取れたような、とっておきの気分だった。

勤めて一週間が過ぎた。

仕事は経理課、五人ほどの小さなセクションで、やることはこれまでと較べて随分と楽だった。

いかにも地方の企業といったふうで、よく言えばのんびり、ゆっくり、悪く言えばとろい、遅いだ。

むろん新参者は沈黙あるのみである。郷に入っては郷に従えだ。

少々効率が悪かろうが、こっちの方が、人間的で血が通っている。楽ちんだということが一番だが。

男は文弥ともう一人、定年はとうに過ぎている課長だけで、あとの四人はみな女性だ。この女性たちはみな年輩者なのだが、当然会計学を本格的に学んだ人はいなかった。近代簿記などなんの意味があろう、田舎には、田舎のやり方というものがある。

文弥以外は、みな弁当の持参組だ。

昼、近くの食堂に足早に駆け込む中年男を見れば、暮らしの底が知れるというものだ。周りは文弥に気を使い、ぼちぼちと他の会話はしても、プライバシーまでは覗こうとはしなかった。

ならば来週あたりから弁当作りに挑戦しようと思いつつ、そう思えば思うほど自分がしがなく見え、家族がやたら恋しくなっているのも事実だった。

あれほど頭に来ていたのに、いったいこれはどうしたわけなのかとも思う。

なんだかんだといって正直な気持ちを告白すれば、二人の子供の顔も見たかったのだ。

しかしこっちにも意地がある。そんなどんでん返しはいやだ。金輪際連絡は取らないと鼻息荒く出てきたのだ。そうそう簡単に跪《ひざまず》けない。跪けない自分が小さいとも思う。空缶《あきかん》に納まるくらい小さな男だ。

そう思っているところに志穂からメールが届いた。

他人行儀な敬語だった。偵察かたがたといった雰囲気はあるものの、文弥の意地が脆《もろ》くも砕《くだ》け、これ幸いとばかりに返信した。

一度返信すると、舞台はいきなり明るくなった。街や野山や海の写真、それに借りた家までも写メールで送った。

次に中学校と小学校に足を運び、外観も写真に撮った。

妙な感じである。離れるということが、気持ちを新鮮にさせるのは分かっていたが、これほどとは思わなかった。

ふと気がつくと志穂からのメールを心待ちにする自分がいた。癪に障るが、このときめきは本当だった。

初夏、家族が来た。

街中が花であふれていた。赤や黄色、あちらこちらと見事な咲きっぷりで、歓迎ムード満点である。

志穂は拍子抜けするくらいしおらしかった。

照れもあったのかもしれない。そういうこっちだって、ご対面に照れていた。むろん寝室は別々だ。一緒にして、そういうこと？　などとへんに気を回されても嫌だし、複雑な気持ちをもてあました。

まあ、なにごとにも段階がある。なんならこのままずっと別寝室でもかまわないと思っているが、あまり考えないことにした。

格安で買った中古の車で、さっそく海に行った。

未来を見せるための大切な儀式である。

昼間の太陽は真上でも、北国の海の陽射しは柔らかい。

カモメが飛び交い、大らかな海が水平線の向こうまで広がっている。

幸せな気持ちだった。全員からもそれがなんとなく伝わってきて、連れて来た値打ちがあったと思った。

つまるところ、人間、身を置く環境が大切なのだ。

都会という虚栄に満ちた魔窟が、つまらない空威張り《からいば》りを作り上げて、のべつ衝突を誘発してしまうのだ。つまらない名声、くだらない意地。

自然と向き合えば、どんな偏屈《へんくつ》者でも善良なる魂が身体の物陰から引っぱり出される。そんな感じだ。

海辺と家族。

ありきたりな光景だが、ありきたりではなかった。

ささやかな出来事だが、ささやかではなかった。

自然が人生を塗り変え、目に見えない何かの分水嶺を家族が一緒に跨《また》いだのかもしれなかった。

文弥は子供たちに目を移した。ちょっと見ない間に、また背が伸びたようだった。

「わー」

コトニが波と騒いだ。目を輝かせ、汚れのない砂浜を駆け出す。

ゲーセンをうろつき、万引きで補導されたときに見せた、あのふてぶてしいコトニと同じなのだろうか？

あれはどういうことだったのか？　根は深くなかったのか？　一波《ひとなみ》、そしてまた一波。古いコトニに、目の前の無邪気な少女がどんどんと上書きされていくようだった。

兄の卓はゆっくりと砂を踏みしめ、波打ち際で立ち止まった。なにを思っているのだろう、そのまま海を眺めている。気持ちがあわただしく動いている様子が手に取るように読み取れる。

卓はコトニの横にしゃがんだ。歓声が上がった。

海水が二人の靴を洗ったのだ。純朴で明るい子供の声など何年ぶりだろう。貝殻探しに夢中になっている。

うれしかった。理屈などおよばない悦びに、胸が熱くなった。ひび割れた心に温かいものが満ちてゆく。

そして志穂は大人しかった。都会を引きずることなく、素直に自然を受け入れているようだった。それに心なしか少し若く見えるのは気のせいだろうか。

ふと、幼いころ好きで口ずさんでいた歌が心に聞こえた。

名も知らぬ　遠き島より

流れ寄る　椰子《やし》の実一つ

故郷《ふるさと》の　岸を離れて

汝《なれ》はそも　波に幾月《いくつき》　もとの木は　生いや茂れる

枝はなお　影をやなせる

われもまた　渚を枕

孤身《ひとりみ》の　浮寝《うきね》の旅ぞ

文弥は、いつまでも子供たちを眺めていた。

妻と二人、地元の中学に行ったのは翌日だった。

椿事《ちんじ》である。

昔から場所は行動パターンを変えると言われているが、夫婦でそんなことをしたのは何年ぶりかだ。おそらく卓の小学校入学のとき以来の出来事に違いない。むろん卓は四の五の言って学校を嫌がった。しかし足並みそろえた親の前に結局折れた。これも田舎の魔力だ。不承不承であろうが、一緒に出かけたというのは一つのステップである。

学校はどこも同じ匂いがする。

給食と子供の匂いだ。ああこの匂いだな、と昔を思い出しながら、廊下を歩き、沈黙のなか、三人で応接室に入った。

中年の男が担任だった。小太りで、丸顔に黒縁メガネがしっくりしないが、髪をさっぱりと刈り上げており、好感度は高い。

文弥は佐藤という温厚そうな担任に安心した。

志穂が、さっそく口を開く。遠まわしに不登校を告げたのだが、それまでにこやかだった佐藤の顔がにわかに赤くなった。

東京の学校から書類が回っているはずだが、なにかの手違いで受け取っていなかったらしい。

「不登校歴は長いんですか？」

佐藤はメガネの奥から、卓に目を配った。北海道特有の訛《なまり》がある。

「十カ月になりますかしら、ホ、ホ、ホ」

気取った口調で答える。

「十カ月ですか……」

「ええ、たった。でも本人はけっして勉強の意欲がなくなったわけじゃありませんの。イジメなんですよ。それですっかり気力を失いまして」

志穂は憐憫《れんびん》の表情をありありと作って、隣の卓の顔を覗き込んだ。

「気がやさしい子ですから、ぐったりするのも無理からぬことなんですけど」

「今でも身体の調子が悪いのですか？」

「いえ、そういうのはもうなくなったみたいです」

卓に未練を残すように、ゆっくりと志穂の視線が元に戻った。

「中学生ともなると、大人には分からないこまかな苦労があるのかしらねえ」

「こまかな苦労ですか……」

担任は眉をひそめた。

「田舎、いえ地方の先生が」

と言い直したかと思うと、さらりとした口調で嫌味を言った。

「東京の子供たちの、苛烈な生活をご存じないのも無理ありませんわ」

含み笑いを浮かべる。

「その点、ここの生活はのんびりとしていますから、そのうち元気をね」

と言いながらまた卓を覗き込む。咳払いをしたのは文弥だった。

「まあなんといいますか、この街は環境がすばらしいですからね。卓も少しずつ良くなると考えまして」

「あなた」

空気が震えた。たちまち険悪なムードがたなびく。

「良くなるなんて、卓がまるで悪いみたいじゃないですか」

ぴしゃりと言った後、志穂は媚《こ》びるような微笑《ほほえ》みを佐藤に送った。

「主人には、無神経なところがありますの」

佐藤はあいまいに苦笑したが、卓に向き直った。

「お父さんのおっしゃるとおり、ここの街には海もあれば山も川もいっぱいあるべさ。友達はみんな元気で駆け回っているぞ。相川君もこれからはぜったい学校が楽しくなる。先生と一緒に頑張ろう、な」

卓は頭を軽く下げたものの、いつものごとく押し黙っている。

「無口だなあ」

「……」

「先生と話すの嫌か？」

「あのう」

代わりに志穂がしゃべった。

「恥ずかしがり屋なんです」

愛想《あいそ》笑いをしながら卓の頭を撫でた。

担任はあっけにとられたような顔で志穂を見、それから座り直したかと思うと戸惑う視線が二度、両親を往復し、最後に卓に着地した。

「なにしているのかな？　いつも」

「別に……」

卓がもそっと答える。

「そうか、暇なんだ。したら今から教室に顔を出してみっかな？　クラスの仲間を紹介すっから」

「……」

「どうだ？　一緒に行くべ」

「先生」

再び志穂が口を挟んだ。

「卓には、まだ心の準備がないと思うんです」

佐藤先生はあからさまに表情を曇らせ、それなら一人で明日から学校に来られるかなと訊いた。卓は瞬《まばた》きをするばかりで沈黙を通している。

「そんじゃ先生が、家まで迎えに行ってもいいぞ」

慌てた卓は、横にいる志穂を肘で突いた。志穂がそれを受けて、急に腕時計を見下ろした。

「あらあら、もうこんなお時間。先生、長々とすみませんでした。そろそろおいとましますが、息子をよろしくお願いします」

――これは反則だ！――

腰を上げたが、文弥はうんざりだった。

なんだこれは。新しい担任のせっかくの熱意を、冷水でばっさりである。これで元の木阿弥《もくあみ》、東京の学校同様、この担任も匙《さじ》を投げる。あっちの学校でもむしろ、子離れしない母親に手を焼いたのではなかったか。

はじめて目にする志穂の接し方に、不登校の原因を見た。

この歪《いびつ》な甘やかしが張本人だ。

志穂は新たな出発をぶち壊しにかかっている。なにも分かっていないのだ。そういう自分もお手上げだ。

こういう形で親が子供を庇《かば》うというのは、教育上まったくよくないことまでは分かる。しかし、ならばどうしたらいいのか、それ以上は無理だ。理屈は呑み込めるが、解決策が見つからないのだ。

文弥はこの状況を持て余した。苛立つ気持ちを引きずりながらいったん家に卓を置き、それからコトニを連れて小学校へ出向いた。

意外にもコトニの方は好奇心いっぱいで、大きなくりっとした瞳を見開いて、両親の間からキョロキョロと校内を眺めた。

コトニは会った先生に、自分からこのまま学校にいたいと願い出て、割り振られたクラスに残った。

「コトニは心配ないわよ。あの子、卓よりぜんぜん逞《たくま》しいもの」

志穂は帰りの車の中で、そう言ったものだった。

ひび割れ

翌日、予想通り卓は学校へは行かなかった。

家を出たのだが、寄り道に明け暮れしたらしく学校には到着しなかったのだ。

「やっぱり登校拒否じゃない」

志穂は帰宅した文弥に、猛然と食ってかかった。

いつもは人生の脇役としか扱わないくせに、責任時には主役級に抜擢《ばってき》するのもいつものパターンである。

あなたを信じて来たのにどうしてくれる。田舎など助けにならない。ぜんぶ文弥のせいだ。

口調はすっかり元に戻っていた。

愚か者と話しても無駄なので、文弥はだんまりを決め込み、冷凍食品を温めた。

「あなた、聞いているの？」

夢から覚めたような顔つきで、文弥を見た。

「私たちを東京に帰してよ。だいたいゆるいのよ、見通しが。もう嫌、こんな田舎町。今すぐ送り届けて！」

鼻血を出さんばかりの金切り声だ。

果てしない押し引きがここでも続くのかと思うと、もうたくさんだった。

なぜ家族を呼び寄せたのか、文弥は安い発泡酒を呑みながら、怒りとも後悔ともつかない感情にうじうじと浸《ひた》っていた。

――そんなに嫌なら、黙って出て行けばいいじゃないか。僕の前に仁王立ちになったってどうしようもないだろう？――

しかし出て行くどころか、志穂は家の真ん中にどっかりと居座った。仕切り屋の胴元だ。

しばらくすると文弥の給料では見通しが立たないと思ったのか、さっさとパートの職を見つけた。近所のスーパーだった。こういうことは感心するくらい目端《めはし》が利く。

一週間が過ぎた時だった。卓に登校する気配はなかったが、今度はコトニに感染した。学校に心を閉ざし、行きたくないとだだをこねた。

甘くはなかった。これが現実である。

あたりまえの話だが、問題を積み残したままの見切り出発では遅かれ早かれ、ボロが出る。再び家が軋《きし》みはじめた。

文弥は対処法が分からなかった。頭を抱えるばかりだったが、二、三日もすると志穂が家相の悪さを言い出した。

「悪い？」

「そうよ。間取りも方角もみんなめちゃめちゃ」

「なんで分かるんだ？」

「見てもらったのよ、家相を。そうしたら思ったとおりダメだって……」

「家相って、またあのインチキ占いと話したのか？」

かっときて、つい大声になった。

「なんて罰当《ばち》たり！」

「今度はいくら払ったんだ？」

むかっ腹が立って、ますます声が大きくなる。

「いくらだっていいでしょう？　重大なことなんだから」

――なにが占いだ。空前絶後の馬鹿女だ――

文弥の気持ちは収まらなかった。随分前に、六本木の怪しげな占いに連れて行かれたことがあるのだ。

志穂が突然、家族が煮詰まったのは文弥に悪い霊がついたからだと言いはじめ、どうしても見てもらってくれと懇願したからだ。

アホらしかったが、それで志穂の気が済むなら、とカネの余裕もないくせについ従ってしまったのである。

訪問したとたんにインチキ占い女は、ばったりと倒れやがった。文弥が背負ってるのは、類をみない強烈な悪霊でそれに襲われたのだという。

それから髪を振り乱し、胸を掻きむしってのたうち回った。

悪霊よ去れ、消えろ、と喉の奥から搾り出すだみ声は真に迫っていて、身の毛のよだつほどである。

それから十分間ほど猿芝居が続き、あげくのはては除霊料と称して、なんと十万円もふんだくりやがったのである。大した詐欺女だ。

にもかかわらず、わざわざ東京に電話を入れ、また長々と占ってもらったのだという。底なしの脳たりんだ。

しかし、言い合いはもうごめんだった。これ以上、むかつく話は聞きたくない。文弥は早々に切り上げて寝室に行こうとした。

「あなた」

また新たな面倒に違いない。声に上ずった気魄《きはく》がこもっている。たまにはねぎらいの言葉が欲しいものだ、と太い溜息をつき、振り返った。

「知っているでしょう。卓も学校に行っていないのは」

今度は卓で攻めてきた。

「毎日、外出しているのよ」

「外出？」

眉根を寄せた。

「家に引っ込んでたんじゃないのか？」

「それならまだ安心よ。朝から、一日中どっかでぶらついてるんだから」

心の中で舌を打ち、文弥は行き先を変え冷蔵庫に向かった。

缶コーラを出しながら、ゲーセンもないこんな田舎で行く当てなどどこにあるのだろうか、と不思議に思った。

「行き先は？」

「知るわけないでしょう」

冷え冷えとした声が返ってくる。

「訊いてまともに答えると思う？　父親でしょう？　少しは役に立っていただきたいものですわ」

見知らぬ女のような言い方だった。

コトニ、卓、そしてふてくされる志穂。自分は三君に仕《つか》える下僕だ。つなぐ言葉が見つからなくて、ふがいないがよろめきそうだった。

まとまったことはなに一つ考えられなかったが、とりあえず缶コーラを二つ持って、卓の部屋に向かった。出たとこ勝負だ。

部屋のドアに鍵はない。昔造《むかしづくり》の借家が幸《さいわ》いした。

「卓、入るよ」

そっと開けた。

「コーラ飲むか？」

「いらねえ」

ベッドに寝ながらチンピラみたいな口をきいた。汗の臭いが鼻をついた。掃除はもとよりシャワーだって、ろくに浴びてないのじゃないかと思う。やりたい放題だ。

文弥は、自分の同じ年頃をふと思った。

もっと潑剌《はつらつ》としていたはずだ。自分の父親に対しても、こんなあしらい方は論外で、ちゃんと敬語も使っていた。

「毎日外出してるんだってね？　面白い所があるのかな？　どこに行ってるんだい？」

答えはなく、卓はだるそうにベッドの中で寝返っただけだった。

「どうしても言えないのか」

放っておいてくれ、という雰囲気が寄せてくる。

「卓、男同士だろ？」

コーラを机の上に置く。

「うるせえんだよ」

「ちょっと話そうよ」

「言うこともないし、ぜんぜん信用してないから」

「さびしいじゃないか」

文弥はコーラを缶から直接飲み、喉を潤してから付け加えた。

「父親を信用してないなんて」

「できるわけないじゃん」

「どうして？」

「災いのもとになるんだって」

「災い？」

「母さんに内緒にするって約束したろ？　なのに破ったし」

「破った？」

「告げ口したろうさ。情けないよ、男が女に告げ口なんて。そんでチョー怒られた。信用なんかできっかよ」

思い出した。タバコの件だった。

卓の部屋で吸った痕跡を発見し、志穂には黙っておくから、即刻やめるようにと諭《さと》したことがあるのだ。

しかし火事が心配だから、志穂にはそれとなく気をつけてくれと、ついしゃべってしまったのである。

すると志穂は、やることがストレートなものだからガサ入れを敢行したかと思うと、タバコを見つけ出して捨てちまったのだ。

やりようというものがあるだろう、面目丸つぶれである。これでは父親もなにもあったものではない。

「たしかに、そういうこともあったなあ」

とぼけながらコーラを飲む。気持ちをしゃんとさせて続けた。

「しかし悪いことをしたのは卓だぞ。自分の悪いことは棚に上げて、パパを憎むのは逆恨みというもんだ」

そこまで言うと、文弥はやさしい顔を引っ込めた。

つい居丈高に説教口調で言い放ってしまったのだ。

「今日ははっきり言わしてもらう。卓はまだ中学生だ。中学生というのは学校に通って授業を受ける義務がある。だから義務教育っていうんだ。そして卓には、親の命令に従う義務もある。未成年だからね。そろそろ言うことをききなさい。これは命令です。我慢にも限度がある」

我が子をぐいと睨んだ。自分自身滑稽《こっけい》だったが、それ以外の方法は分からず、そのまま押し通すほかはなかった。

志穂の言うとおり、ちぐはぐで一貫性がないのだ。

ものの本によれば、子供を理解し、よく話し合えとある。

しかしその反面、時には、厳しく仕付ける必要があるとも書いてある。

どっちなんだ？

その両方が大切だというのは分かるが、匙《さじ》加減もタイミングもでたらめになってしまう。

軸というものがない。まるで無重力状態だ。大学でも教わった覚えはないのだから知らないのは当然で、いったい他の親は、どこで習っているのだろうか。

「へえマジ？　きかなかったら、どうすんのかなあ？」

挑発するように嘲《あざけ》った。

「どうするって……」

「出て行けってかい？」

「そんな極端なことを言っているわけじゃない」

「分かったよ」

卓はぷいと目を逸らしたかと思うと、いきなり部屋のドアを開けた。

「どこに行くんだ？　待ちなさい。まだ話は終わっていない」

卓は首をよじった。投げつけてきた一瞥《いちべつ》は、険しく冷ややかだった。

あんな目をいつからするようになったのか？

どぎまぎしているうちに、卓は腹立ちまぎれに戸を思い切り閉め、階段をどんどんと強く踏み鳴らしながら降りて行った。

その猛々《たけだけ》しい空気に、文弥は肩を落とした。

卓

腹立ち紛れに夜道を歩いた。

当てなどなかった。ただ胸の中は、やり場のない怒りでいっぱいだった。

うざい！

それ以外に当て嵌《はま》る言葉はない。家がいやでいやでたまらず、とにかく全部、気に食わない。

気持ちは家には向かなかった。

グレープだ。グレープと会いたい。その思いだけが氾濫《はんらん》していた。

グレープと知り合ったのは、こっちに越して来てからだ。

登校初日、家を出たものの気後《きおく》れがしてどうにも足が重かった。一方、なぜか街を見て回りたいという気持ちもあった。

東京と違って、だれも卓を知らない。その気軽さが手伝っていたかもしれないが、このことは大きかった。伊達の人は卓の過去、不登校を知らないのだ。つまりそういう先入観なしで見てくれるわけで、完全なリセット人間なのだ。

過去がなく、空から舞い降りた中学生。気は軽かった。

あちこちぶらついた。気ままに遠くを眺めたり、道端の石ころを思い切り投げては、東京では味わえない自由な時間を楽しんだ。

そのうちに海に出た。

午前中のひんやりとしたそよ風が吹き、砂浜にはだれもいなかった。

いい気分だった。打ち寄せる波、真っ青な空に、いわし雲が三匹。

卓はその雲にしばし見とれた。

スニーカーと靴下を脱いだ。素足に砂が心地よかった。

目を瞑ってみた。急に波の音が大きく聞こえた。目を閉じたとたんに、耳がダンボになったのかなと思ったくらい大きい波の音。砂の上で、海の泡がしゅわーっプチプチとつぶれる音も混じっている。

勝手に風が吹き、卓の青白い頬を撫でてゆく。

砂に足を投げ出して座った。手を伸ばしたところに一本の流木があったので、それを拾って遠くに投げた。くるくる回って波打ち際に届き、かなりまじめに波にさらわれてゆく。

海賊……宝島……シンドバッドの冒険……いろんな遠いものが引き寄せられ、まるでかつて自分の身のまわりで起こったことのように頭をよぎっていく。

仰向けに寝そべってみた。

香《かぐわ》しい海の匂いをたくさん嗅いだ。匂いはサイダーのようにシュン、シュンと身体に溶けていく。

夢で目覚めた。

自分が熟睡していたことに驚いた。家以外での眠りははじめてのことで、驚いたとたんに夢の中身を忘れた。

見渡すと遠くに人がいた。釣りをしているのが分かった。

麦藁《むぎわら》帽子を被《かぶ》り、小さな折りたたみ式の椅子に座っていた。

傍《かたわ》らには釣り竿立てがセットされており、かなり長い竿が天高く斜めに立っていた。

足元に黒い犬が寝そべっていた。

胸が高鳴った。なぜ気持ちが昂《たかぶ》ったのか卓自身理解できなかったが、犬にどきどきした。

卓はしばらく膝を抱え、身体を丸めて様子を眺めた。

そのうち緩慢《かんまん》に冒険心が芽生え、犬に触ってみたいと思いはじめた。

でも近くに知らない人がいる。釣りをしている人が飼い主に違いない。かなり嫌だったけど、気持ちとは裏腹に身体がなびいた。

気がつくと歩いていた。そんなつもりもないまま、ゆっくりと近づいている。

麦藁帽子を被った釣り人が怖い人だったらどうしようという心配もある。それでも足は止まらなかった。

黒い犬の種類が分かった。リトリーバーに違いなかった。

釣り人は微動だにせず、じっと海の方を見つめている。

怒られたらどうしようと一瞬躊躇《ちゅうちょ》し、それでも歩いた。

二十メートルくらいで、犬が大儀そうに頭を上げ、それから卓の方に首をよじった。視線が合う。

卓は吸い寄せられるように進んで、大胆にも飼い主に断りなく犬の横に立った。

恐る恐る手を出した。黒い犬は目を細め、卓の撫でる手を受け入れた。

「可愛いだろう?」

いきなりの低い声にびくっとした。父親とは違って貫禄ある物言いだった。

釣り人は卓を見た。それからまた前方に顔を戻した。

目は笑っているけれど、ちょっと怖い目だった。それに卓が知っているだれよりも歳を取っている。学校の校長より上だ。頬がこけて、目尻に皺《しわ》があった。

「リトリーバーだよ」

ぽつりとしゃべったが卓ではなく、海を相手に話しているようだった。

――やっぱりリトリーバーだ――

話は苦手なので黙って犬の頭を撫でていた。緊張し、硬くなっていたけれど、手は犬から離れなかった。

おじさんは釣り糸を巻き上げ、新しく餌を付け替えると、また遠くに投げた。糸はシャーという長い音を引きながら彼方《かなた》に飛んだ。

「犬好きかい？」

「……」

答えなかった。

でもこの人は、そのことを気にも留めないようだった。

黙って海を見ている。なにを考えているのかなと思った。いや、なにも考えていないのかもしれない。無心に海を眺め、ときどき竿を触っているだけだ。

犬を撫でているうちに、だんだんリラックスしてきた。ふいに卓の口から言葉が転がり落ちた。

「この犬、メス？」

「ああそうだ。名前はグレープ」

「グレープ？」

「ブドウのことだよ」

「……」

「ブドウのグレープ」

「犬なのに……ブドウって……」

「変か」

ぽつんと言っておじさんが笑ったので、つられて卓も小さく笑った。

すぐまた沈黙が降りた。

長い黙《だんま》りだったけれど、その間ずっと卓は犬を触っていた。好き勝手に背中、首、お腹、顎の下いろんなところをさすった。

しばらくするとまた言葉が出た。

「どうしてグレープにしたの？」

「どうしてだと思う？」

おじさんは問いかけてから傍らの釣り竿を手に取って、ぐいっぐいっと二度引いた。獲物の感触を確かめているのだ。

卓は犬の背に手を置きながら、どうしてグレープなのかと考えた。

「あっ、分かった」

思いがけず大声が出た。

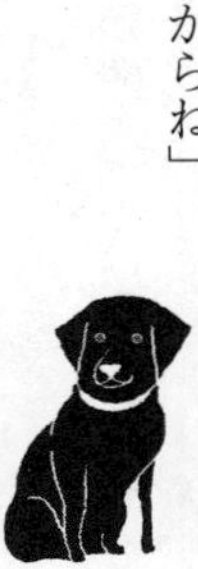

「毛の色。黒ブドウの色」

「よく分かったなあ。ちょっと紫《むらさき》がかっている。犬、飼ってたのかい？」

首を横に振る。

「たくさん触っておやり。犬は撫でれば撫でるほど喜ぶからね」

卓は両手で強くさすった。

「いくら触っても、セクハラにはならんし」

卓は可笑《おか》しくて、またくすっと笑った。

そこで会話が途絶えた。その後、無言が続いた。

おじさんは椅子に座ってじっと海の方を眺めている。卓にとって沈黙は重荷にならなかった。それどころか楽で気分がよかった。グレープは寝そべって卓に甘えている。

釣り竿の先に目をやった。風で細かく揺らいでいた。まだ一匹も釣れてないらしい。

空は眩しく、海はゆったりと波打っている。

卓は海が好きだと思った。釣りはしたことがないので、ちょっとしてみたい。だけどやっぱり犬がいい。

ためらいがちに立ち上がって、少し離れた。グレープの名を呼んでみた。グレープは頭をさっと上げて卓を見てから、飼い主に顔を向けた。

おじさんはなにも言わず、海から目を離さなかった。その代わり、指先でグレープの身体にちょっと触った。

とたんにグレープが立ち上がって、卓の方に歩き出した。おじさんが犬に許可を出したのだと思った。

軽く走ってみた。グレープも砂を蹴った。

もっと速く砂浜を走った。グレープが後について来る。

卓は勢いよく風を切って走った。グレープが後について来る。後からハアハアという息遣いと、サクッ、サクッとリズミカルに砂を蹴る足音が聞こえる。やがて音は左側に近づき、横に抜け、斜め前に躍り出た。

息が上がった。立ち止まった瞬間にグレープが絡みついて来た。

卓はその場に転がってふざけた。

グレープが顔を舐める。ぬるぬるベトベトの攻撃。卓が顔をそむける。それでもしつこく舐めてくる。

「やめろよ」

卓が立ち上がって逃げ出す。グレープが追いかける。駆けてはジャレ、ジャレてはまた駆ける。

しばらくは卓のものだった。十五分くらいだ。このままずっとこうしていたいと思った。

やがて遠くで口笛が鳴った。

グレープがさっとその方向を見た。瞬間にして離れた。まっしぐらに駆けってゆく。なすすべはない。

卓はどんどん孤独になってゆく。

遠くでグレープはおじさんの周りを泳ぐように回って、嬉しそうだった。

おじさんは釣れたけっこう大きな魚をグレープの鼻先にかざしている。自慢しているようだった。仲良しに嫉妬した。

それからおじさんは帰り支度をしはじめた。そろそろ潮時らしい。

卓も走って戻った。

釣り具箱を手に、おじさんが卓に向き直った。

「君は、いい目をしているね」

おじさんの顔が、ほころんだ。

「何にでも良い所と悪い所がある。悪い部分ばかり見つめてしまう人は、濁った目になるし、いい所ばかり眺める人は澄んだ瞳になる。きっといいものを見てるんだよ」

「……」

「ほんとうだよ」

温かい声だった。

軽く手を挙げてから、荷物を持って引き揚げはじめた。

なにかが抜けて行くような感じがして、すごく嫌だった。気持ちがしぼみ、グレープの後ろ姿は辛かった。

じっと眺めていた。だれもいなくなると、無性に寂しさがこみ上げてきた。

砂浜にぽつんと一人取り残された卓の目には、淡い夏の海が無性に悲しく映った。


翌日、卓はまた学校を休んで海に行った。

愉快に思えることは唯一、グレープだけ、他のだれとも違う特別な相手で、卓が卓だと感じられるたった一つの時間だった。辛抱できずにそれを求めた。

だが、出くわすことはなかった。

手ぶらで家に帰るのがみじめだった。

急に食欲が失せ、また以前のように塞ぎ込んで部屋にこもった。

それがつまらない時のルールだったが、そうなるともうなにもかも気に食わないことだらけになる。

家の人間は、誰も気にかけてくれない。

母親は他人がいるとべたべたするが、こういう時は声もかけない。忙しくて、そうそう目を配ってられないといったふうで、卓がお笑い番組を見て笑わなくても、夕食に箸をつけなくとも、困った子だという視線を寄越すだけだった。

次の日もグレープを探したが、空振りだった。

当てもなく歩き回るなど賢明な策ではないのだが、そうする以外に気の晴れることはなかった。

心が空白のまま三日目が過ぎた。食事も喉を通らなくなってきた。ある種の初恋みたいなものだが、そろそろ燃料切れに近く、頭がどうにかなりそうだった。

ところが翌朝目覚めると、身体の奥にちょっとましなエネルギーが宿っていた。人生の追風を予感させ、行動するのは今だと思った。

両親がまだ寝ている早朝にベッドを抜け出た。

バナナを食べながらフード付きのトレーナーを頭からすっぽりかぶる。怪しいスタイルだったが、北海道の朝は冷える。

外は霧のように白いものが地面を這っていた。海は青というより黒に近く、空も木の枝も灰色だった。

思ったとおり寒かった。

大きな波がぐんぐんと盛り上がり、耐えきれなくなってどっと砕ける。卓にとって、たじろぐほどの迫力である。

はじめて出会ったときと同じように俯き加減に歩いた。あの時と違ったのは、きちんとした目的があって、会いたいと強く念じていたことだった。

胸が騒いでいた。素敵なことが起こるかもしれないという予感にドキドキするし、会えなかったらどうしようと思うと、また違うドキドキがした。

とにかく期待しないことだ。

卓の場合、期待度が高いほど願いがかなわないという法則がある。

フードを前に引っ張り、周囲をおおった。目を瞑る。

けっこう強い風が鼻先をかすめているが、海の香りは一人前だ。

ちょうど百歩を数えたときだった。空の彼方からなにかが降ってきたような気がした。で、つい目を開けてしまった。

「あっ」

グレープがいた。

——やっぱり天から舞い降りた……。やった——

潮が満ちるように嬉しさが胸に迫《せ》り上がってきた。

おじさんは釣り竿なしだった。さかんになにかをしている。よく見ると林檎の皮を剝《む》いているのだ。グレープがお座りして、林檎の皮を貰《もら》って食べている。

卓の身体が駆け出していた。

「グレープ！」

大声で叫んだ。グレープが反応した。

だが走り出さない。前と同じように飼い主の許可を待っている。

おじさんが、指先で身体を触った。はっきり見えた。グレープがスタートした。筋肉の塊《かたまり》が躍動する。砂浜を蹴って、飛ぶようにぐんぐんと近づいてくる。

その勢いにぎょっとした。このままでは卓と激突する。

ところがグレープは手前でスピードをがくんと落とした。身を低くしたかと思うと、今度は顔を回しながら足踏みしている。

悦んでいるのだ。卓の心もはしゃいだ。

グレープは、卓の周りを二度回った。千切《ちぎ》れるほど尻尾《しっぽ》を振りながらゆっくり近づく。これだけ悦ばれるとばつが悪かったが、卓は首筋にしがみついた。

この匂い、この手触り、あの舌のくすぐったいぬるぬる感。

「わあ〜」

腕で顔を拭《ぬぐ》いながら、胸は満足でいっぱいだった。立ち上がると、おじさんが林檎をかじりながらやってきた。

「おはよう」

太い穏やかな声が海辺に響いた。

「おはよう」

おじさんを見上げ、なにしてるの？ と訊いた。卓は自分で気付かなかったが、相手の行動を気にしたのは、何年ぶりかである。

「散歩をね。グレープと遊びたいのかな？」

卓は明瞭に頷《うなず》いた。おじさんは最後の林檎にかぶりつき、残った芯をグレープにやった。

「はじめてかい？ 林檎を食べる犬は」

おじさんはちょっと吹いた風に、帽子を押さえた。

「このコはニンジンも好物なんだ。ベジタリアンに近いね」

それから少し間《ま》を置き、名前を訊いてきた。卓は内心うろたえた。今日は平日だ。こんな時間にぶらぶらしているなど、不登校がばれないかと思ったのだ。

しかたがないので名前を言ったが、気にする素振りはなかった。

「いい名前だね」

そこで会話が途切れた。

黙って歩いている。手持ち無沙汰というわけではなかったけれど、なにか物足りなさを感じた。ぎこちなさが挟まっているとも思う。

別に話したい雰囲気ではないけれど、ずっとこの状態でいたいとは思わなかった。やっぱり犬の方が楽だと思った。犬なら会話を気にしなくていい。

しばらくするとおじさんが、自分の名前を知りたいかと訊いた。

少し考えてから、答えた。

「おじさんでいいよ」

「そうか……そうだね、おじさんだ」

卓は犬の方が気になっている。

グレープの歳を考えたが、やっぱり訊くのは億劫《おっくう》だった。

おじさんが麦藁帽子をかぶり直した。話しかけてくるのかなと身構えたが、無言だった。無口な人なのだろう、歩いている。でも、さっき感じたぎこちなさは尻つぼみに消えていた。プレッシャーもなく、沈黙に嫌な力はなかった。

人から隠れることばかり考えていたけれど、この人ならばいい。

そしてやっと分かった。

卓は自分のやりたくないことをやらされるのはまっぴらで、大人はそれを強いる。だから大人と会いたくなかったのだ。

おじさんは、こうしろとは言わない。なにも口にしない。グレープと走ってもただ微笑《ほほえ》んでいるだけ。このときもそうだった。息が切れるまで海辺で弾けても、おじさんは静かに座って、海を眺めているだけだった。

ふいにグレープが欲しくなった。

——家に連れて帰りたい——

ちらりとおじさんの方を見た。遠くで、身体を屈伸させ両手を砂浜についている。なにをしているのだろう、ゆっくりと動いている。そして柔らかい妙なポーズで止まった。

ぴんと来た。ヨガだ。ヨガをするのだ。

このときはじめて、おじさん自身のことを考えた。

なにをしている人なのか？　家族はいるのだろうか？

気がつくと近くまで戻っていた。

「見た目より大変なんだ」

そう言って砂浜に直接胡坐《あぐら》をかいた。卓も横にしゃがんだ。

ヨガは、自分の身体のいろんな所を見つめることができるのだ、としゃべった。

「不思議だろ？　身体の内部を眺めるって」

「……」

「心の目で身体の中を見る、つまり内観《ないかん》というやつだ」

ありえないポーズを取ることが肝心だと言った。

そうやって使ったことのない筋肉や内臓を動かすらしい。縮めたり、捩《ねじ》ったり、伸ばしたりする。すると普段動かさない部分なので、ひりひりと辛くなる。つまり、そこが目覚めるのだと説明した。

「こうやって、思い切りお腹をへこませてごらん」

卓が真似た。ぺたんと座ると砂はまだ冷んやりしている。

「そうそう、へこませると胃がぐっと持ち上がるだろ？」

「うん」

「その胃を意識するんだ。そのままの状態で次に鼻から空気を吸って。そう大きく、もっと大きく……」

肺が膨らむ。胃が、肺と腹筋のサンドイッチになっている。

「どうだい、胃の存在が分かるかな？」

卓は首を捻《ひね》った。

「最初は感じないかもしれないが、それでいい。だんだん分かるようになる。意識が胃に集まれば、胃が生き生きとしてくる」

「……」

「人体の不思議でね。意識をかき集めれば集めるほど、血液がそこに集まる。で、血は悪いものを押し流す。それと意識はエネルギーでもあるんだ。意識の集中は、同時にエネルギーの集中でもある。難しいね、こんな話」

ちんぷんかんぷんだったけど、なんだか利口になったような晴れがましい気持ちがした。

ヨガを少し習った。

ポーズは簡単だった。四つん這いになって背を反らすと太陽が眩しかった。いつの間にか陽が出ていて、いい天気になっている。

風が、おぼろげに二人の間を通り過ぎた。

「もう少し難しいのをやってみるかな」

次のはできなかった。バランスを欠いて、思わず砂浜に尻もちをつく。

「上級ポーズだからね。もう一回、挑戦してみるかい?」

卓は、ものを習う楽しさを味わった。

引き籠もりだった少年が、外で他人に会いたいと思い、質問をし、なにかを教わっている。急速な進歩だが、きっかけがあればころりと変わるのは、めずらしいことではない。そして新しい事態に慣れてゆく。

「今日も晴れだね、きっと」

おじさんは、帽子をかぶり直して遠くに目を細めた。

卓も並んで腰を下ろした。するとグレープがその間に割り込んだ。

海を眺めた。風が軽々と海面を吹き抜けてゆく。ふと向こうはアメリカだったかなという疑問がよぎったが、本当に考えていることは違うことだった。

卓はいつまでも、こうしていたいという思いに沈みこんでいたのだ。

不安だった。

このままでは、またばらばらになって別れてしまう。引き止めるためには、なにか話さなければならないのだけど、あせればあせるほど頭にはなにも思い浮かばなかった。

おじさんの顔を盗み見た。

時が止まったように目を瞑っている。とうぶん動きそうもなかった。それはそれでよかったが、なにかお尻の辺りがむずむずしてきた。

思い切って口を開いた。

「おじさんは、なにしているの？」

「仕事のことかい？」

目を瞑ったまましゃべった。

「趣味みたいなもんだが、コウコガクをやっている」

「……」

「大昔を覗いているんだよ」

と言って目を開けた。卓は、意味の分からない顔を向けた。

「土の中に大昔が埋まっていて、それを掘ってる」

「ああ……」

「日本人はどこから来たか、というのはとても興味あるテーマでね。卓のおじいさんを想像してごらん？」

卓は戸惑った。三歳のときに死んで記憶にないのだ。

「千人くらい前のおじいさんだぞ」

「千人も前？」

「そう、おじいさんの、おじいさんの、おじいさんの……と今からだいたい五万年前に生きていたおじいさん」

まったく想像がつかなかった。はたしていたのだろうか？

「おや、その顔はいなかったとでも思っているんじゃないのか？」

「ほんとにいたの？」

「絶対にいた。で、なければ卓はこの世に存在しないことになる」

と言って、おばあさんも同じだとしゃべった。

理屈では分かったが、妙な感じだった。それどころか、卓のおじいさんもおばあさんもアフリカにいたアフリカ人だという。

ありえないと思ったが、黙っていた。

何万年もかかっていろいろな人種に分かれ、日本列島にはロシア経由と東南アジア経由の二方向からやってきたという。それは骨で分かるらしい。

気持ちの悪いことに、おじさんは骨に直接触って調べていると話した。怖くないのだろうか？

「昔の人の暮らしは、のんびりとしていてね」

北海道にやってきた人々の主な食料は魚介。もちろん木の実も採集していたのだが、やはり主食は魚介類だ。海の幸は豊富にあったから、海辺は居心地のいい宅地で、長い間ひと所にいたと説明した。

「何千年も一つの所で、移動はない。その場所がよっぽど気に入っていたんだね」

そんな生活、つまらない。ずっと一つの場所にいて、毎日食べ物ばかり集める暮らしは退屈すぎる。パソコンゲームのない生活なんて、気が変になっちゃいそうだ。

そんな顔をしていたら、おじさんがおかしなことを言った。

「人間の進歩ってなんだろうね、考えてごらん？」

なんだろう。卓は海を見ながら考えた。

飛行機や車やテレビかな？　でも、そんなのはちっとも面白くない。だからずっと部屋に閉じこもってゲームをいじっている。

「今こうして海を眺めていて、どうだい？　つまらない？」

「いや」

それしか口にしなかったけど、海はけっこういい線いっている。

「これって、やっていることは大昔の人間と変わりないだろ？　何十万年前の人だってここでこうして、気持ちがいいなあと海を眺めているんだ。だったら進歩ってなんなんだろうなあ」

おじさんは独り言のように言ったけど、それ以上掘り下げるのはめんどくさくなった。

「おじさんの家はどこ？」

ぽつんと訊いた。

「向こうだよ」

山の方を顎でしゃくった。

質問はここまでだった。

卓は少し疲れた。人と話すのは疲れるものだと悟ったが、悪いものでもなかった。

そんなことを思い出しながら、卓はとぼとぼと歩いた。

家を飛び出したものの、あてなどまったくない。

あっちの山！　というおじさんの言葉だけが頼りだった。暗い長い道をてくてく歩いた。

街はまだ眠っていなかったが、外は充分すぎるほど暗かった。

街灯はどこにもない。星明かりだけが頼りだ。あてずっぽうに歩いているうちに、だんだんと最初の勢いは失せ、心細くなりはじめてきた。

それにけっこう寒い。

どうしてなのか、虫や蛙《かえる》の声も聞こえなかった。時計を見た。九時。それにしてはやけに暗い。田舎は暗いのだと思った。

怖くなって天を仰いだ。

暗い穴の底から、星空を見上げている錯覚にとらわれたけど、寒そうな白い星はでかかった。

ほんとうにチカチカという表現がぴったりだ。群がっている星に重みがあって、今にも落ちてきそうだ。いや、逆にひゅっと頭から吸い込まれそうな感じもする。

綺麗だけど怖かった。

卓は天を仰ぎ、目だけではなく、口もぽかんと開けていた。

――宇宙人はいるのかな？――

そう思って空を見れば元気が出そうだったけれど、暗い地上に視線を戻すと、たちまち不安がもたれかかってくる。だからずっと空を見ていた。あまり長い間上を見ていたので、目眩《めまい》がして思わずしゃがみ込んだ。

引き返そうかという思いが胸を突いた。しかし見得《みえ》を切って出てきちゃったのだ。今更あとには引けない。

「我慢にも限界がある」

父親の大声が耳に残っている。じくじく小言しか口にしない母親。ほんとうにうざい。

両親は、空っぽだ。なにもないと思った。あのすかすかの胸を「心配」でいっぱいにしてやりたかった。

――もっと心配しろ！――

心の中でそう呪った。

時折風が吹き、草原がざわめく。ざわめくけれど、やはりそれ以外の音はない。向こうの真っ黒な山々が、巨大な恐竜の背中に見え、恐怖がいっぺんに膨れ上がる。

――おじさん――

大声で叫びたくなった。

——なんでみんな分かってくれないのだろう。どうしたらいい？——

紙っぺらのように手応えがなく、複雑すぎてどうしようもなかった。

行き場のない感情がどっと胸にあふれ、涙が流れてきた。

一度流れると止まらなかった。手の甲で涙を拭いながら、振り切るように暗闇を走った。走りながらしゃくりあげた。

ひとしきり泣くと急に空腹を覚えた。しかし意地が、卓に我慢を強いた。

これからどうなるのか？

うろうろ歩き回ったが、意地もこれまでだった。

会えなかった無念さと、家に帰らなければならない悔《くや》しさと、不甲斐ない自分を思うとまた涙がこぼれてきた。

次の瞬間、はたと立ち止まった。

——ここはどこだ？——

涙が止まった。見渡すと一面、黒々とした畑だった。

泣いている場合ではない。どこをどう帰れば家路につけるのか、まったく見当もつかなくなっている。

うろうろとさ迷った。が、田舎道は人っ子一人見かけず、車一台通らなかった。

目星になるようなコンビニにも出くわさなかった。心の底から怖くなってきた。

半べそをかきながら、でもあることに気付いた。

海だ。家から海へは何度も出ている。ならば海岸にいったん出ればいい。家の近所の海岸なら、なんとか分かる。浜辺をつたっていけばどうにかなるはずだ。

卓に安堵《あんど》の表情が広がった。

涙を手の甲でぬぐい、目を凝《こ》らした。真っ黒い山の稜線を確認した。その反対側が海だ。一目散に海を目指した。


ようやく家にたどり着いたのは夜中を回っていた。

母親は居間にいた。

「今までどこに行ってたの？　心配してたんだから、もう……」

小言を並べたが、卓はトレーナーのフードで頭をすっぽり被《おお》い、机の上にあったアンパンとメロンパン、それに冷蔵庫からコーラを取って二階に上がった。

今日の冒険はけっこう満足した。

道に迷ったのはまいったけど、意外にいけると思った。

卓は空腹を満たしたあと、さんざめく星明かりを思い出しながら深い眠りについた。

異変

「あ～たあ」

声色がおかしかった。耳にあてた文弥の携帯から、別のなにかに変貌した志穂の声が流れてきた。

「お願い、今すぐ帰ってきて」

「おい、仕事中だぞ」

「いいから早く帰ってきて」

腕時計を見下ろす。まだ二時十五分である。

「無理言わんでくれよ」

周囲を見渡しながら囁《ささや》き声で応じた。

「大変なのよ」

「……」

「東京から来るっていうの」

「だれが？」

「だから……東京よ」

「だれが来るんだ?」

じれったくなって携帯を持ち替え、左の耳に当てた。

「集金」

「集金?」

「集金に来るっていうのよ」

「なんの集金だ?」

「もう」

いらだつ声が耳に刺さった。

「ほんと勘が悪いんだから。借金しているのよ。集金って言ったら、その取り立てに決まってるでしょう」

「集金って……全部返したんじゃなかったのか?」

思わず声が大きくなった。部屋の数人が一瞬、相川文弥を見たが、まずいものを目撃したとばかりにすぐさま視線を下げた。

「いくら、残ってるんだ?」

送話口を手で囲って小声でしゃべった。

「二百万円、いや三百万円かな」

「……」

慄《おのの》きは、たちまち身体にのしかかってきた。一瞬、目の前が暗くなるほどだった。

「聞こえているの？」

「ああ、聞こえてる……」

気を落ち着かせ、矢継ぎ早に質問した。

「どこから借りたんだ？　まともな相手なのか？」

志穂は、テレビＣＭを流している会社の名前を告げた。

大手の消費者金融だ。闇金融だったらどうしようかと緊張したが、そうではないと聞いて内心ほっとした。

どういう理由で借り、今なにが起こっているのか？

訊きたいことはたくさんあったが、電話では埒《らち》があかない。

退社時刻まであと三時間。

壁に貼ってある『ノー・ミス運動』という、手書きポスターに目をやりながら家で待つように言った。

しかし志穂がごねた。今にも乱暴な集金人が家に押しかけるかもしれず、そうなれば一人では対処できない。その時はどうしたらいいのかと、電話の向こうでわめき散らしている。

文弥は視線を移した。

開け放した窓からは青空が見え、北国のおだやかな陽の光がなだれ込んでいる。

気持ちは最悪だった。

——ふざけるな——

瞬間、胸が苦しくなった。動悸が激しくなって胸が締め付けられ、酸素が足りないと思った。一瞬、気が遠くなった。

「あなた聞こえているの？　あなた！……、……もう、頼りないんだから」

威勢のいい声が耳を撃った。

背もたれにぐったりともたれかかり、天井を向いて金魚のように口をぱくぱくさせて喘いでいる自分がいた。ほんの少しだが、気を失っていたようだった。

暗転。

人生などたった一つの電話で変わるのだ。

「なんか言いなさいよ」

次第におさまってきたが、今度は怒りがこみ上げてきた。

思い切り言ってやりたかった。

——そんなこと知るか！　自分で播《ま》いた種なら、自分でケリをつけろ——

むろん言えなかった。その代わり、それほど心配なら玄関に鍵をかけて、だれが来ても開けるなと小声で言った。

分かったわ、という暗い声が受話器から返ってきた。その後だ。語調が一変したのは。

早く帰ってねと神妙な声色《こわいろ》が流れてきたのだ。

たったそれだけだったが、どきりとした。久しく耳にしなかったやわらかな響きに新婚当初を思い出したのである。文弥が叱ったとき、打ちのめされたように返ってきたあの初々《ういうい》しい素直な反応だ。

――僕を頼っている……――

一時だが、かつてののぼせたような気分を味わった。そしてちらとでも昔を懐《なつ》かしんだ自分を気持ち悪く感じた。

――ああ嫌だ、嫌だ――

あの時空は、まったく異次元の世界だったのだ。

だれでもありがちな「恋」という麻薬を脳に振りかけられた別人。全身麻痺、鬼のごときしたたかな女に、うら若き心身を一心に捧げた自分が、かえすがえすも残念で悔しい。

――うん？――

文弥の背筋が伸びた。

そうだ、これは妻に復讐するよいチャンスではないか。

自分に代わって、借金取りが窮地に陥った妻を追い込む。志穂は警察を文弥にけしかけたが、今度はこっちの番だ。それを傍目で眺める。福の神の到来である。

しかし電話を切ってから、またはたと気づいた。

志穂が素直に北海道移住に付き従ったのは、借金取りからの逃避という伏線があったからではなかったのか。

──そうか、だから、しおらしく……まいったなあ……あっちの方が一枚も二枚も上手《うわて》だな──

苦々しく仕事を片付け、まっすぐ帰った。

気持ちを立て直して家のドアを開けると、志穂がぽつねんとソファにいた。本来の強気は影を潜め、ひたすら途方にくれている。

今だ。いたぶってやる。日ごろの鬱憤を晴らすいいチャンスなのだ。

「いったい、おまえはなにをしてくれたんだ？」

──いかん──

こっちが優位に立っているのだ。このやり方だと、いきなり怒鳴り合いになって終わってしまう。やんわりと言わなければならない。

　文弥は自分がいつもやられてきたように、ねちねち地獄をたっぷりと味わわせてやろうと思った。

「だから、お金を借りただけじゃない」

　志穂はふてくされたように応じた。一発で気持ちが切り替わったのだ。引っ込めていた本性が首をもたげた。反撃のスイッチが入ったようだった。

　まずいと思ったが、また先を急いでしまっていた。

「金を借りただけだと？　返せもしないお金だぞ。いったい何に使ったんだ？」

「生活費に決まっているでしょう」

「でまかせ言うんじゃない。おまえがセレブ気取りで、派手な買い物をしたせいじゃないか」

「冗談じゃないわよ」

　鋭く言い返してきた。

「家族のためじゃない。つまりそれもこれも、夫の給料が低すぎるからよ」

「この期《ご》に及んで、こっちのせいにする気か？」

「そっちこそなによ。これほど困っているあたしを責める気？　最低な男ね、そんな人だとは知らなかった」

　わっと泣いた。泣きながら反撃してくる。

あなたは、なんのために早く帰って来たの？　いまさらごたごた言っても、はじまらないではないか。家族を守るのが一家の主《あるじ》だろう。名ばかり亭主《ていしゅ》！　こんな男と結婚した自分が情けない……としゃくり上げながらまくし立て、最後にティッシュで鼻をかんだ。

泣きは女の武器だ。こうなると女はほとんどの事実はスルーで、聞く耳を持たない。

泣きながらの反撃は、砲撃と空爆の同時攻撃だ。

これでは、自分が悪かったとたっぷりと反省してもらう、というシナリオどころの話ではない。あっちは泣きながら勝っているのだ。つまり、こっちが返り討ちに遭っている。

——ぎゃふんと言わせる方法は、ないものか？——

そうだ金額だ。借金額を具体的に言わせれば、いくらなんでもその深刻さにたじろぐはずである。文弥は態勢を立て直して、おもむろに切り出した。

「いくらあるんだ？　借金」

「だから言ったでしょう？」

アイシャドウで、ぐじゃぐじゃの顔が睨んできた。

「二、三百万円だって」

「二百万円と三百万円は大きな違いだろ」

志穂はふんと横を向いた。

「いいかおまえ、これは大切なことなんだぞ。言わば家族の問題だ。金額をちゃんと開示しなさい」

「なにが開示よ」

と、にべもない。

「知らないわよ」

「知らない？　無責任すぎる」

「あなただって知らないことくらいあるでしょう？　なんでも知っているの？　じゃ子供の授業料いくらか答えてよ」

「そんな話じゃないだろう」

「なに言ってんの、授業料のほうが大切です。ほーら分からないでしょう？　だったら人のこと責めないでよ」

志穂の、めちゃめちゃな口撃がはじまった。

「じゃ、じゃ、じゃ」

と舌がもつれた。

「馬っ鹿みたい」

「なに！」

かっとなったが、頭を冷やして深い呼吸をする。

「じゃ預金は、今いくらあるんだ？」

見通しは絶望的だったが、それでも淡い期待まで手放したわけではない。

「あったら苦労しないわよ」

「……」

「ゼロよ、ゼロ」

「まさか」

「馬っ鹿じゃないの？　なに、その鳩が豆鉄砲くらったような顔。おどおどしちゃって小物ねえ」

完全に居直っている。煮ようが焼こうがどうにでもしてくれというダイナミックな態度だ。

「一回くらい、よし分かった、全部まかせておきなさい、くらい言ってみたらどうなのよ」

加速度がついている。こう歯切れよくやられると、なんだかこっちが悪いような気になってくるから不思議だ。

文弥は深い溜息をついた。

しかし現実問題として、この歳で預金がゼロというのは、いったいこれはなんの天罰なのだ？

落胆しつつ、頭の中で算盤《そろばん》が弾かれる。経理畑を長い間歩いてきた習性だ。

で、志穂はなんと四、五百万円を浪費していることが分かった。

そう思うと、いまいましさが込み上げてくるよりも、だらしなく身体から力が抜ける方が勝《まさ》った。

頼みは退職金の約八百万円だった。

しかし、それも移住費用だなんだと百万円くらい使ったから、それを引いた……七百万円。そこに借金の返済の追い討ちである。

悲愴感が漂った。

それにしても、退職金だけは渡さずに保管していてよかったと思った。

あの時はちょうど離婚だなんだのバトルの最中で、退職金を持たせると、そのまま出ていかれそうだったので死守したのだ。

今考えると、無意識のうちにサインをしっかりと受けとめていたからかもしれない。

「あなた、退職金があるでしょう」

ぎくりとした。

——いったい、こいつの第六感はどうなっているんだ？——

「返済、お願いね」

「おい、待てよ」

「待てって？」

「おまえには、反省というものがないのか？」

「なんで？」

顎を突き出す。

「なにも悪いことしてないじゃない」

「悪いことしてないって……ブランドに溺れたあげく、これだけの隠れ借金——」

「あらあなた、そんなこと言うと、また自分で自分の首を絞めることになるわよ。

情けないわね」

志穂が表情をあらためた。

「だから言っているでしょう、原因はあなたの安月給だって」

小憎らしく笑った。

「恥ずかしいから、こんなこと何度も言わせないで」

「……」

「でもあたしは、もっとたくさん運んできてなんて、一度も催促《さいそく》しなかったわ。こっちが一人で苦しんできたんです。カードに手をつけざるを得なかった主婦の辛さなんて、あなたに分かるの？　そっちこそ、苦労かけたね、ごめんなさいの一言くらいあってもいいじゃない」

「なに！　さっきからぺらぺらとなんだ。給料が安いとはなんだ。こんなに一生懸命働いて――」

頭に血が上って、また舌がもつれた。

「ほらほら舌嚙むわよ」

けたけたと笑った。

「現実に目を向けなさい。会社は首になるし、今の給料は、いくらなの？　その自覚すらないんだ、あなたって人は。鈍感な夫を持つと、家族全員が犠牲になるんだわ」

恐縮するということがない。ああ言えば、こう返って来る。

口汚さは本物で、とても太刀打ちできるものではない。

罵《のの》りの速打、サンドバッグ状態である。

エネルギーがあっという間になくなった。

女装がしたかった。それしかない。しかしこの街では無理だ。狭すぎる。

今すぐにでもハイヒールでアーチャーの所に駆け込み、再びあの確固たる口調で占って欲しかった。

口を固く結び、立ち上がって冷蔵庫から発泡酒を取り出す。

「ほらね。最低の給料でも人並みにビールが欲しいわけよね」

「発泡酒だ」

「なに威張ってんのよ。甲斐性なしが飲むビールじゃない。まあ、そういうところにお金が消えてゆくのよ。じっくり味わいなさいな。私たち家族の犠牲の味」

「うるさい！」

玄関のチャイムが鳴った。

ぎょっとなってお互いに顔を見合わせた。一気に心臓が縮まった。

「ほらほら来たわよ。一度くらいは役に立っても罰は当たらないんだから」

玄関には、禿《は》げ上がった中年男が立っていた。

過去からやってきたのだ。ダブルのグレーのスーツ。無表情だが厳しさが混じっている。

「困りますな、相川さん」

開口一番、渋い顔で言った。

「なぜ黙ってこっちに引っ越したんです？　逃げられると思ったとしたら甘いんじ

ゃないですかね」

「逃げるなんて、そんなつもりは……」

「携帯電話の番号まで、変えているじゃないですか」

「それは……そのためじゃなくって、きっと妻は、ただ安い電話会社に切り替えようと……」

男は笑わせるなと言いたげに、ふんと鼻を鳴らした。

「そっちはどう弁解しようが、こっちから見れば大した確信犯でね。支払いは延ばしに延ばし」

「……」

「まあ、それも連絡がつけばまだ可愛げがあるってもんでしょうが、この二カ月は連絡もない。こっちがわざわざ訪ねてみると、東京の家はもぬけの殻とは、俺も焼きが回ったもんだ」

「……」

「よもや北海道くんだりまで、こうして訪ねて来るとは思わなかったんでしょうが」

上目遣いで、にやけた。

「調べれば分かるんだよ、あんた」

がらりと語調が変わった。

「甘くみてもらっちゃ困る」

「いや、その……悪気はぜんぜんなかったのですが」

と言って、文弥が視線を下げる。

「ほう、悪気はないねえ。なるほど、では耳をそろえて全額支払ってもらいましょうか」

男が一歩前に詰め寄った。

「あのうー」

恐る恐る訊いた。

「おいくらですか？」

相手は無言で視線を合わせてきた。ただものではない眼力に気圧《けお》される。

「ざっと四百五十万円。若干端数がつくけどね」

「えっ……」

「逃げた相手に疑《うたぐ》られちゃ形無しだな、まったく。そんなに疑うなら」

スーツの内ポケットから書類を引っ張り出して、鼻先に押し付けてきた。

「この計算書を、とっくり眺めるんだな」

受け取ったが、文弥はそれを見ていなかった。いや視線だけは数字をなぞっているものの、頭では必死に別の計算に取り掛かっていたのだ。

だが気が動転して空転した。かろうじて弾いたのは、今回の返済を支払った後の退職金の残金だった。

――わずか二百五十万円――

めまいがした。これから子供が金のかかる年齢になる。

――たったの二百五十万円……――

泣きそうな顔を上げた。

容赦のない視線がぐさりと突き刺さる。細い目に無慈悲な黒い目玉が二つ。その目は自分の受けた屈辱に怒っており、集金を果たすまではテコでも動かないといったふうだった。

男がにじり寄った。

「明日」

首を傾《かし》げて文弥の顔を覗き込む。

「支払ってもらおうかい」

「ええと……仕事があるので……」

「馬鹿にしてるのか！」

怒鳴った。

「出勤前に、さっさとすませばいいんだよ」

うっと言葉に詰まる。

「いいか、こら。街に信用金庫があるだろうが、そのATMの前に来いや」

男の顔が壊れた。目を剝き、口を半開きにして首を傾げている。怖い形相のま
ま、また一歩寄られた。

「分かったのかよ」

否《いや》も応もなかった。文弥は思わず「はい」という返事を漏らした。

「もし現れなかったら、給料差し押さえだな。遠慮はしねえよ。室蘭の○○電気
機械。勤め先からなにから全部知ってる。奥さんに聴いてるからね、こっちは」

――なに！　余計なことをしゃべりやがって、あの疫病神《やくびょうがみ》が……――

「逃げても無駄ってもんだ、相川文弥さんよ。俺の追い込みから逃れた人間はいね
えんだからさ。こんど逃げたら、俺やるし」

顔がさらに崩れた。

「では明日の朝、八時きっかり信用金庫前、よ・ろ・し・く」

男は上目遣いで念を押した。

ドアに鍵をかけ、居間に戻った。ぞっくり疲れた。

志穂はもう寝室に引っ込んでいた。

いい気なもんだ。なんで僕がここまで矢面《やおもて》に立たされなきゃならんのだ？

もう一度仕切りなおして、冷蔵庫から発泡酒を取り出しグビグビとあおった。

アルコールに弱い文弥は、それ一缶でかなり酔った。腹の底から怒りが湧いてきて、空缶を握り潰した。

――どいつもこいつも、ふざけやがって――

もう一缶出した。また一気に飲み干した。

――馬鹿野郎！　みんな大馬鹿野郎だ。金輪際《こんりんざい》面倒などみるものか。勝手にしろ！――


朝、家を出てぎょっとした。

昨日の男が外に立っていたのだ。心臓がバク付いたが、かろうじて頭を下げた。

男は無愛想な目線を投げつけると、にわかに歩き出す。

待ち合わせは信用金庫前だが逃がさないために、はじめからそういう魂胆だったのだろう、タクシーが少し離れたところに隠れていた。玄関先に駐めると、獲物に気づかれて、裏口から逃げられるかもしれないからだ。

敵はこういうことに慣れている。

拉致《らち》されるかっこうで街に向かった。屈辱と悔しさでいっぱいだった。

振込みを済ませ、それを見届けた男はにこりともしないで踵《きびす》を返した。

通りに人はいなかった。性質《たち》の悪い男と別れてほっとしたのも束の間、張りつめていたものが、いっきにほぐれると違う不安があとからあとからこみ上げてきた。

経済的危機。挽回はできない。

甘かったのだ。

アーチャーと会って、いつのまにか、新天地に移住すれば万事が打開できるような気になっていた。

そう上手くいくわけはない。それなのに天には摂理《せつり》があって、神は計り知れない方法で我々に語りかけてくるなどという口車に乗せられてタロットカードにすがり、北の街までやってきたのだ。自分は、不器用な最低男だ。

——なにがサインだ。なにが三人の男が現われてすべてを救うだ。ある朝、一人の男が家に登場し、それで一巻の終わりではないか——

べったりと背中に悪霊が取り憑いている。ひょっとすると、ここが人生の終着駅なのかもしれないと思った。

銀行カードを持ったまま、固まっていた。

これからどうしたらいいのか？

力なく歩き出した。

街は明るかった。

文弥の気持ちとは裏腹に、街は平和な朝の空気に満ちている。

人は、あるだけのもので暮らすのはやさしい。やってできないことはない。

しかし手に残ったわずかな物が、奪われてゆくことには我慢がならない。

身を削《そ》がれる思いとはこのことで、とても承服できるものではない。

喪失感《そうしつ》が殺到した。

女になりたい。女装で街を歩けないなら、せめて部屋に閉じこもって鏡で強い女の自分を確認したかった。

——一人にしてくれ！　放っておいてくれ——

文弥は無気力に下を向き歩いていたが、ふいに顔を上げた。

卓の心が見えたのだ。

あいつは自分に似ていると思った。

なにもしないで、ただ部屋でじっとしていたいのだ。自堕落《じだらく》に、なしくずし的に自分を消し去りたい。今になって卓の気持ちを少し、いや手にとるように理解した。

携帯電話で会社に病欠を告げた。

会社などどうでもいい。なにもかもが遠い彼方のことで、燃えかすのように輪郭がぼけている。

弱々しい視界に黒い生き物が入った。大型犬だった。

犬は大人しく歩道に寝そべり、店に入っているのだろう、連れの帰りを待っているようだった。首輪があるが鎖はなかった。

犬は首を上げたが、物問いたげにじっと文弥を眺めている。

なんの催促もなく、牽制《けんせい》もなく、黒紫の毛を陽の光にさらして、ただそこにいるだけだった。

近寄って頭を撫でた。

犬に触るのは何年ぶりだろう。懐かしかった。その感動が胸を突き上げた。そして悲しくなった。

なんの因果で、これほどみんなからいたぶられなければならないのか？

悩んでも悩んでも、苦しんでも苦しんでも障害は尽きない……。

不意の慟哭《どうこく》だった。胸に熱いものがこみ上げ、涙が流れた。

文弥は思わず犬の首を抱きしめた。

——どうして……うまくいかないのか……——

野心などさらさらない。名声など欲しくない。ただ平穏な暮らしがしたいだけなのだ。ただ幸せを感じたいだけなのだ。

だが、さまざまな営みも、努力も、我慢もすべては水の泡だ。

自分流がだめなら、もう生きられない。瞬間、頭の中で血がどよめいた。

――一刻も早く楽になりたい……――

異様な気配が漂った。

首を吊る、手首を切る、薬を飲む、汽車に飛び込む……そして今流行の硫化水素……気分が悪くなった。吐き気がした。

脳の中で赤い津波が押し寄せ、蛇《へび》がのたうち回り、ライオンやカブトムシが走り回った。思わず胃の中のものを吐き出した。

朝からなにも口にしていなかったので、出たのは苦い胃液だけだった。

ガードレールに手をつくと二度、三度胃が引き裂かれたように痙攣《けいれん》した。次に地の底に沈み込んでゆくような辛い目眩が襲ってきた。

歩道の隅にうずくまった。しばらくじっとしていると少し治まり、ハンカチで涙と口を拭った。

犬は目を細め、黙って文弥を見ていた。

穏やかで自信に満ちた目だった。気持ちはどんどん暗くなり、必死に犬を撫でることで自分をかろうじて保った。

自分は犬以下だと思った。

とその時、気配を背中に受けた。犬がぴくりと動いた。きっと飼い主が店から出てきたのだろう。もう一度涙を拭い、振り返りもしないで、文弥はその場を立ち去った。

そして、すべてはゆるりと転がりはじめていた。

家庭炎上

卓は、面白くなかった。

昼間から自分の部屋の床にだらしなく寝転がって、ゲーム機をいじっていたのだがぜんぜん興が乗らない。

最近、下の様子がおかしい。ぱっとしないどころか、あの人は二日前から会社を休んでいて、家にごろごろしてチョーうざい。

こうして寝ていても、一階の険悪な雰囲気がじわじわと二階に押し寄せてきて、身体にまつわりついてくる。

とにかく家を出たかった。一切合財から抜け出したいのだ。あれほど心を閉ざし、誰にも会いたくなかったくせに、どこでどう違《たが》えたのか、今ではすっかり風向きが変わってきている。

——よかったよなあ、あの海——

戸外こそ自由がある。なぜ今まで気づかなかったのか。

卓は奥深くに眠っていた水脈を発見したような気になっていた。

ベッドの上で膝を抱え、その上に顎を載せた。

プチ家出がずっと頭にあった。しかし財布の中身はわずか三百円だ。いくらなんでも心もとない。

――最低、五千円はいる――

足りないカネをどうやって工面するか？　ひっくり返って、腕枕で天井をぼんやり眺めた。

コトニの部屋にある子豚の貯金箱が頭をよぎった。以前中身を見たことがあり、どうやって貯めているのか、要領よく五千円くらい詰まっていた。

それを拝借する手はあるなと思った。

でも忍び込めない。学校でなにかあったのか、今はコトニも休んでいて、目下《もっか》部屋でうだうだしている。

ツイてねえなあと思いながら、卓はおかしくなってくすりと笑った。すっかり妹と逆転しちまっている。

以前は自分が部屋から一歩も出ず、妹は用もないのにほっつき歩いていた。ところが今はねじくれてしまって、卓は外に行きたくてうずうずしており、コトニは出たくないときている。親父《おやじ》も家にいるし、母親は外で働いている。

どこでどう間違ったのか、家が完全にひっくり返っているのだ。

他の人間のことは分からないが、とにかく自分はそうなってしまったのだからしかたがない。

思いを切り替え、即座に神経を一階にある洋タンスに這わせた。

引き出しには急場の散銭《ばらせん》、三千円くらいならある。チョコレートが欲しくなると、盗《と》っても気づかれないくらいの小銭をそこからこっそり拝借していたので知っているのだ。

しかしこれも無理だった。

今日はあの女の遅番《おそばん》の日だとみえ、まだ出かける気配はない。

八方塞がり。思いが叶わないということが無性に腹立たしい。できないことに苛立ち、苛立つ自分にまた苛立つ。悪循環は、一周回るたびに増幅した。

どうしたものかと、ごろりと寝ながらしばし思案顔で壁のカレンダーを眺めていた。が、結局どうにかなるだろうと手持ちの三百円だけで、家を抜け出ることにした。

──プチ家出、ついに決行！──

わくわくした。

卓はいままで感じたことのない不思議な衝動に満たされながら、バック・パックに下着を詰めた。

ドアを開けた。と、その時、下から嫌な空気が飛び込んできた。

大きな怒鳴り声が響いた。続いてガシャンというなにかが壊れる音。

「うるさい！」

びっくりして首をすくめた。卓が怒鳴られたのかと思うほどの大音量だった。

「金のことしか頭にないのか」

親父の乱暴な物言いが、矢継ぎ早になだれ込んできた。物を投げつける音と母親の金切り声が上がった。

足早に階段を降りると、二人がもみ合って、あの女が突き飛ばされたところだった。

「助けて卓、警察を呼んで！」

「黙れ」

「なにしているのよ卓、警察よ」

卓は足が竦《すく》んだ。

「子供を盾にしようっていうのか」

親父が、両手で母親の肩を揺すった。

「やめて！」

声を出したのはコトニだった。いつの間にか卓の背後にいた。叫ぶと同時に階段を駆け降り、一直線に走った。母親はひっしとコトニを抱き寄せて斜に構えた。

「こんな醜い姿を子供に見せるなんて、あんた脳みそが腐った最低男よ」

「コトニを放せ。これ以上怒らせるな」

あの人は肩で息をしている。

おかしい。あんなに怒鳴る姿は金輪際見たことがない。顔だって直視できないほど怖い。不吉な予感がした。

「家計を破綻《はたん》させたのはだれなんだ？　子供に教えてやれよ、えっ」

「自分のせいでしょう？　三流学校だから給料、安いのよ」

ひしとコトニを抱きしめ言い放った。

「コトニ嫌でしょ。稼ぎも悪い上に、暴力男なんて」

「謝れ！」

「そっちこそ謝りなさいよ。暴力は絶対に許せません」

あの女が睨んだ。髪を振り乱している。

「暴力だ？」

普段と違ってぜんぜんへこたれない。それどころかますます頭に血が上っている。

「あらまだ分かってないのね。身体に触ったら立派な暴力なのよ」

小馬鹿にしたように、付け加えた。

「コトニ、よーく見ておきなさい。これが本性なのよ」

コトニをぎゅっと抱きしめ、仇《かたき》に会ったような目で睨《ね》めつけている。口元に浮かんでいる薄笑いも不気味だった。二人ともどうかしている。

「世間の常識も分からないから、出世しなかったのよ」

耳障りな声で嘲った。

あの人には、怒りともつかない静かな表情が浮かんでいた。やばいと思ったとたんに親父が挑みかかった。

あの女はコトニを盾にしたが、親父の手はそれをかい潜り、胸倉をひっつかんで強烈に引っ張った。ブラウスのびりっと破れる音がして、ボタンが勢いよく飛んだ。

「きゃー、暴力男！」

「やめて」

罵声がワーワーと重なったが、親父は終始無言だった。

ふと手を離すと突っ立ったまま奇妙な目つきをした。言葉は聞こえなかったが、ぶつぶつとなにか呪いのように呟いているふうでもあり、なにも感じていないようでもあった。

うまく言えないが、だれかに遠隔操作されているような焦点の合わない眼だ。

それからふらっと動いた。幽霊のような足取りでキッチンに消えた。ちらりと見えた横顔には喜怒がなく、白っぽい表情だった。

あまりの奇怪さに、卓は消えたドアを見つめていた。再び開いた。手に握り締めていたのは包丁だった。

「キャー」

コトニとあの女が走り出すのが同時だった。

なにもかもが現実離れしていてぴんとこなかったが、どうやって逃げたのか、気がつくと卓は裸足《はだし》のまま外にいた。

母親の顔面は蒼白で、コトニはショックのあまり路上に座り込んでいる。親父は外まで追ってこなかった。

「家族を殺そうとしたのよ。警察を呼ばなきゃ」

殺すという言葉が頭で点滅した。

家族に向かってそんな台詞は駄目だ。卓はそれより、と続けた。

「お医者さんだ。来てもらったほうがいい」

そう言って、卓は家のドアを開けた。

「やめなさい卓。包丁持っているのよ」

止めるのも聞かずに居間に入ってみると、あの人は、ぽつんとソファに座っていた。

だれが見ても放心状態だった。とろんとした目が包丁を見下ろしている。気味は悪かったが、そんなに怖いとは思わなかった。

「大丈夫?」

怖々呼びかける。

「ああ……」

ゆっくりと顔を上げる。実感がわかないのか、首を捻《ひね》りながらさかんに包丁を眺めている。

「おかしいなあ……料理の途中だったかな?」

卓はどきりとした。頭がいかれた……。

親父は抜け殻のように立ち上がって、ふらふらと台所に消え、戻ってきた時には包丁はなかった。

「疲れたよ。ちょっと頭が痛い。少しベッドで休む」

卓は心配のあまり傍《そば》に寄ろうとしたが、途中で足が止まった。父親はまるで別人で、それ以上近づけなかったのだ。

テーブルの手前から、寝室に消えてゆく姿をただ見送るだけだった。

ショックが全身を貫いていた。

みんなまともじゃない。狂ってしまっている。こっちの頭もどうにかなりそうだった。

考えに浸《ひた》った結果、おじさんに相談しようと決心した。おじさんなら助けてくれそうだった。

それはいいが問題は居場所だった。あれだけ探しても会えなかったのだ。どこに行ったらつかまるのか皆目《かいもく》見当がつかない。

偶然によらず、おじさんにどうしたら会えるのか？

名前はおろか住所も電話番号も知らない。

頭が痺《しび》れるほど考えながら、ヒントになるものを数え上げた。

グレープという黒いリトリーバー、ヨガ、釣り、麦藁帽子……。

記憶を搾り出して並べたが、どうにもならなかった。

しかし途方にくれる間はない。頭をかきむしりながら粘り強く思い返していると、かすかな残り火のような手掛かりが見つかった。

――そうだ――

膝を打った。

——考古学——

おじさんは昔を発掘しているのだ。発掘現場は何カ所もないはずで、その線をたぐればなんとかなりそうだった。

他人としゃべるのは苦手だから、二階に上がってパソコンで検索した。キーワードは伊達と遺跡発掘だ。すると『伊達市噴火湾文化研究所』が出てきた。今度は思い切ってそっちに電話してみた。

図星だった。グレープは有名で、おじさんはなんでも伊達の東にある北黄金貝塚という遺跡にとりかかっているのだという。

名前も分かった。印崎《いんざき》という変わった名前だった。

発掘はだいたい週に三度、いずれも昼近くに犬を連れてぶらりと姿を現わす。そう電話の主が教えてくれた。

「今日あたり、現場に顔出しているかもしれないべさ」

時計を見た。三時近かった。

卓は願いをこめて自転車を漕いだ。

途中何度も迷ったので、現場には四十分近くかかった。

空に夏雲が座っていた。だだっ広いところだった。

自転車を置き、それらしき人影を風景の中に探した。

卓の視線が、草原に覆われたなだらかな丘を舐めるようになぞった。ぱらぱらと人が点在していたが、いずれも違うようだった。

建物の方から首にタオルを巻いた四人連れの年輩者が歩いてきた。ぺちゃくちゃ話に夢中になっている。

赤の他人と面と向かって話すのははじめてだから、胸がどきどきした。

話す前にパニックになりそうだった。声をかけそびれて、もじもじしていると、

「今日はここで勉強会かい？」と向こうから声がかかった。

「印崎さん……っていうおじさん」

「あら印崎さんが、どうかしたかい？」

とおばさん。

「探しているんだ。グレープも」

心臓が口から飛び出そうだった。

「ああ、あの人なら丘の向こうだべさ」

話し終わらないうちに、卓は夢中で駆け上っていた。

丘のてっぺん近くまで登ると、すぐに姿が見えた。あの帽子だ。おじさんは黒っぽい土の中にしゃがみ込んでさかんに手を動かし、グレープは近くの草原で寝そべ

っていた。

見るやいなや、卓は転がるように走った。気持ちが躍っている。二、三度、転びそうになったがかろうじて姿勢を保った。グレープがいち早く気付いた。

「おじさーん」

卓は、まっすぐ印崎のところへ向かって駆けった。

「おじさーん」

息も絶え絶えに呼ぶ。ゆっくりと振り返るように頭を捻ったおじさんは、卓を認めて帽子の前を少し上げ、驚いた顔をした。

「おやまあ、会いに来たのかい？　よくここが分かったなあ」

「大変なんだ」

呼吸の合間にしゃべった。

「家が喧嘩で……」

「……」

おじさんはしゃがんだまま穏やかに首を傾げ、ゆっくり話してごらんと言った。

卓は家庭に起こった事実をたどたどしく話した。

と、途中で卓の口に突然ブレーキがかかった。かりにも自分の父親である。その父親が包丁を持ち出したことを話すべきかどうか迷ったのだ。だがそれもほんの

二、三秒だった。思い切ってぶちまけた。
「最悪だよ」

しかしおじさんの態度は変わらなかった。驚くでもなく、額に皺を寄せるでもなく、拍子抜けするほど顔色一つ変えなかった。

聞き終わるとそうかあ、卓もいろいろ大変だなあと言ったきり、もくもくとシャベルを動かすだけだ。考えてくれているのだろうか、卓は不安どころか悲しくなった。

結局、おじさんは分かってくれない。なにもしてくれないのだ。もういいや、と腰を上げようとしたときだった。

「では、ちょっと行ってみようかな」

最初の一歩

おじさんの車で家の前まで来ると、異様なものが目に飛び込んできた。ぎくりとした。パトカーだった。家にぴたりと寄せられている。

こんなもの、他人が見たら何事が起こったのかと仰天するに違いない。現に、様子を窺《うかが》っているご近所もいた。

母親の仕業《しわざ》だ。ついに呼んでしまったのだ。

卓はぶん殴られたような気持ちになったが、心を決めてドアノブを回した。

居間には、場違いな男が二人、入り込んでいた。腰にピストルを下げた制服警官だった。それを見て卓の緊張は極度に達した。

家の中は散乱したままだった。割れた茶碗も片付けられておらず、これはあの人がいかに暴れたかを警察に見せるためのもので、だれかの計算ずくの放置だ。舞台効果、そのくらいのことは卓でも分かった。

——身内どうしなのに、あんまりだ——

みんなが卓に注目したが、懸命に睨み返した。

「卓……その人だれなの？」

ソファに座った志穂が、咎める語調で入室を制した。

「おじさん」

「どこの？」

「いつも会っていた」

「えっ」

さっと表情が変わった。

「おたくですの？」

ドア付近にいる印崎に向かって、呆れたようにまくし立てた。

「いい歳してるんですから、息子が学校に行ってないくらい分からないんですか？　うちの子を連れ回すなんて、いったいどういう魂胆なんでしょう？」

「そんなんじゃないよ」

卓が主張したが、印崎は帽子を取って静かに頭を下げた。

「申し訳ありません」

「まるっきり分かっちゃいないのね。そういうことは変質者のすることです」

志穂は警官に視線をやった。なにかを期待し、催促する目だ。

「すみません」

印崎はもう一度頭を下げた。

「そう誤解されるのも無理はありませんが、偶然海でお会いして……」

年輩の警官が口を挟んだ。

「おたくは、その子となにをしてたの？」

「友達として――」

「随分、歳の違う友達だけど」

遮るような台詞には皮肉が混じっている。ひょっとしたら誘拐犯とでも思っているのだろうか。

「さしつかえなかったら、名前を聞かせてもらえますか？」

「印崎といいます」

「印崎なんですか？」

「学《まなぶ》です」

「お仕事は？」

「考古学に惹かれていますが、職と言えるものではありません」

「すると無職ですな？　生活費はどうやって？」

興味の対象が移ったのか、印崎の方にゆっくりと歩き出しながら、根掘り葉掘り聞きはじめた。

「わずかながらの蓄えがありますので」

「住所は？」

「はい、でも今、その情報が必要ですか？」

印崎がやんわりと遮った。

物言いは穏やかだったが、眉一つ動かさない。低く自信に満ちた声には逆らいがたい威厳があって、それが警官の口を封じた。

「まあ、できれば聞きたいと……しかし何故、他人の家庭におたくが首を突っ込むんです？」

苦りきった顔で言った。

「人助けに理由はいりますか？　卓君の心配を取り除いてあげたいと思い、参上しただけです。私のことが知りたければ、また別の機会にしていただきたい」

印崎は静かに相手を見据えた。石のように不動だった。ただならぬ威圧感を発散させている。

警官がそれで押し黙った。それを見て、卓はいっぺんに頼もしさを感じた。

「家のことでしたら」

志穂が無遠慮に口を入れた。

「心配はいりません。警察も来ていることですし、お引き取りください」

「おじさんには僕が頼んで来てもらったんだよ、失礼じゃないか」

「卓、家とは関係ない人です」

「なに言ってるんだ」

玄関口から、卓が言い返した。

「そっちだって、関係のない警察を呼んでるじゃないか」

「子供には分からないのよ」

「うるせえ」

「まあ、なーにその口の利き方は」

憤懣《ふんまん》やるかたない口調で言ったが、卓の目には母親がはっきりと敵に映っている。警察は、まるっきりの余所者《よそ》だ。そんな余所者を家に呼んで、父親を牢屋に入れようというのが許せなかった。視界の端にコトニが入った。二階から降りてきたところだった。恐る恐るこっちを見ている。

「コトニ、この女は、親父を刑務所に閉じ込めようとしているんだぞ」

「お母さんに〝この女〟はないだろう」

警官が叱った。

「みなさん」

玄関先で口を開いたのは印崎だった。身体の前で、きちんと両手に帽子を持っている。

「ここは一つ、家族の人たちでよく話し合っていただいたらいかがでしょうか」

「なに言っているんですか。包丁を持ち出したんですよ。話なんてできるもんですか」

「奥さんの気持ちも分かりますが、お互いの勘違いが重なるということは少なくありません」

　印崎は微笑《ほほえ》みながら冗談めかして言った。

「包丁を持っただけで警察沙汰なら、食事時は一一〇番通報だらけです」

「茶化《ちゃか》さないでください。この人は、明らかに危害を加えようとしたんですから」

「危害を？……」

「信じないんですか？」

「そういうわけじゃありませんが、男性が危害を加えようとして包丁を持ち出したら、無傷でいられるものでしょうか……」

「そうだよ」

　卓が叫んだ。

「ただ料理をしようと思って包丁を持っていただけだよ。なあコトニ」

　釣られてコトニも、うんと応じた。

「まあ、この子たちったら」

あきれ顔で続けた。

「あっそう、二人ともそっちの味方なんだ」

「ほんとうのことを言っているだけだ」

「卓！」

金切り声を発した。それから口調を改めて立ち上がり、正面から卓と向き合った。

「あなたは、いつから嘘つきになったの？」

「嘘つきはそっちだ」

「ははあ、なるほどねえ」

母親は、刺すような視線を印崎に注いだ。

「あなたね、入れ知恵したのは」

「いえ、そうじゃありません」

口調には、あやすような色があった。

「ご家族を守りたい一心だったのですよ。立派でした。私の居場所など、子供の卓君には分かろうはずはありません。だが、ちょっとした会話のヒントから作業場を探し当てた。これはすごいことだと思いませんか？」

安定した声色《こわいろ》が部屋に響く。

「お父さんを助けたい、お母さんを助けたい、そう思う心が息子さんを駆り立てたのではないでしょうか。かけがえのない行いです」

志穂がなにか言おうとしたが、穏やかな口調はそれを許さなかった。

「先ほど、お母さんがおっしゃったように、卓君の不登校は薄々気づいていました。偶然にも幾度か平日に出くわしましたから。その少年が一生懸命自転車を漕ぎ、けなげにも私のところにやって来ました。お気づきですか？　卓君は、すでにいろいろなことを体験して、いろいろな障害を乗り越えているのです」

志穂の表情から強張《こわば》りが消えた。

「並大抵のことで出来る行為ではありません。なんでもそうですが、最初の一歩というのは、はるかに多くの馬力が必要なのです」

普段の何十倍ものエネルギーを卓はひねり出して頑張ったのだ。このパワーは、どこから来たのか？　愛情以外のなにものでもないと印崎が話した。

「みなさんは自覚されていないかもしれませんが、深い愛情から生まれた行為です」

卓は照れくさくなって、下を向いた。

「ここはひとまずご家族のみなさんで、じっくり話し合うということで……」

印崎は、視線を警官に転じた。

「どうですか、我々はそろそろ退散しませんか」

「奥さんしだいですな」

古参の警官が苦々しく言った。どうしますかと警官が訊いたが、代わりに卓が答えた。

「もう帰ってよ」

「君に訊いているんじゃない」

機嫌を損ねた警官が、睨み返した。

「ああーはい、分かりました」

志穂が折れた。

「すみません。もうけっこうです。どうもありがとうございました」

「本当にいいのですな」

警官は、充分気をつけるようにと一言いい残して家を出た。

外に出た卓は、走り去るパトカーに石ころを蹴飛ばした。石は夏の道路を転がってむこうの電柱にぶつかった。

卓は自分達が乗ってきたおじさんの車に改めて目をやった。

紫色の派手なSUVだ。左ハンドルの贅沢そうな車で、色といいスタイルといいおじさんのイメージとはぜんぜんかけ離れているのだけれど、一目見たときからわくわくする車だった。金持ちおじさんかもしれない。

グレープが後部座席の窓から首を出している。悲しげな顔はいつものことで、ハアハアという呼吸が落ち着かない。

――降りたいのかな？――

思わず近寄って首をさすった。

「よくやったね卓。上出来だよ」

運転席に乗り込んだおじさんが、誉めた。

「自転車は、そこに降ろしておいたよ」

家の壁際を指さした。帰り道は、自転車ごと車に乗せてもらったのだ。

「もう行くの？」

グレープの頭を、未練がましく撫でながらしゃべった。

「ねえ、おじさん」

「うん？」

「また駄目になっちゃうかもしれない……」

「……」

「これからどうしたらいいの？」

「もう少しいて欲しいのかな？」

「うん」

心細くなった、と言うと、おじさんは車内から家に視線をやった。

家の中の様子を見通すように目を細め、少し考えてから腕時計に目を落とした。

「そうだなあ、おじさんが家の中に入るより、みんなを連れてきてくれないかな？

この車で海を眺めに行こう。いいところがある。とてもね」

卓も賛成だった。ぎくしゃくしてる家の中より、外の方が数段気持ちがいい。

おじさんのアイデアは抜群《ばつぐん》だ。


「海を見に行こうよ」

居間に戻って、てきぱきと言った。卓はやる気になっている。

病理学的にこういうことはめずらしくない。両親が社会性を失うと、子供は自分が引き籠もっている場合ではなくなって、瞬間に立ち直るというのは一理も二理もある。卓がまさにそうだった。

むろん予備知識のない本人にその自覚はない。だが卓は危機感が心の殻を壊し、今まさに目覚めたように、はつらつと現実を見つめていた。

志穂はちらりと卓を見た。それから困ったように目を逸らした。

親として振る舞うなら、一つの車に乗って家族が海を見に行くのは、良い機会だというのは分かっている。しかし感情というものがある。

たった今、夫とあれほどのバトルを演じた母親としては、立つ瀬がない。

それに子供にイエロー・カードどころかレッド・カードを出されたというバツの悪さもある。ただでさえ合わせる顔がないのに、子供にこう励まされてはますます難儀《なんぎ》な話で、内心は困惑でいっぱいだった。

かといって、このままこの状態を長引かせてもろくなことはない、ということは充分に分かっている。良き切っ掛けになるには違いないのだ。

痛手を最小限にとどめ、如才なく振る舞いたいのに、どこにも身の置き場所がない。

これが志穂の偽らざる心境だったが、しかしむろん卓には知る由《よし》もない。

「コトニ行こうよ」

卓は矛先を変えた。コトニは返事を渋ったが、グレープのことを話すと俄然その気になった。

変わり身の早さはあっけにとられるほどだったが、援軍に回ったコトニと一緒に両親を口説いた。

「ほらほら、意地張ってないでさ。たまには子供の言うこともきかなきゃ」

コトニが生意気な台詞《せりふ》を口にしながら志穂の手を引っ張り、卓が文弥の身体を押した。

志穂が渋々といったふうに陥落《かんらく》し、文弥もされるままに腰を上げた。

三人が後ろに乗った。

興奮気味のグレープが、舐め舐め攻撃でみんなを歓迎した。

助手席に乗った父親は二度振り返ってグレープを眺めた。なにかに取り憑かれたように見つめ、それから不思議そうな顔で印崎に目をやった。

車が動いた。

助手席のあの人はまっすぐ前を見ていたし、後ろに座っている母親もひたすら窓の外に目を向けている。一言も会話はなかった。

車内にはピアノの曲が流れていた。物悲しいメロディだった。

静かに時が流れてゆく。

曲に合わせてハミングしているおじさんの声が、ときどき耳に届いていた。

しばらく行くと海が見えてきた。海岸にそって走る車内は相変わらず沈黙していて、モノトーンのピアノ曲が鳴っている。

気がつくとあの女が泣いていた。

激情から醒め、なにかどっと胸に満ちるものがあったのかもしれない。行き場のない気持ちを抑えるように涙を流している。小刻みに鼻をすすり、忍ぶように涙を拭いた。

コトニがそれに気付いた。叱られもしないのにコトニも泣きはじめた。二人の細い声がかすかに聞こえた。卓も悲しくなってきた。

車は人っ子一人いない浜辺をしばらく走った。それから曲がりくねった坂を登って小高い丘の上に出た。

岬の突端だった。

その美しさに息を呑んだ。

傾いた夕陽が有珠《うす》湾にそそいでいた。視界の端から端まで、夏の青い海がいっぱいだった。カモメが幸せそうに飛び交っている。

「一番気に入っている場所です」

印崎が誰に言うでもなくしゃべった。両親も見とれているようだった。

印崎は車からビニール・シートを出して草原に広げた。

「さあ、ここに座って。ちょっと窮屈かな？　奥さんもどうぞ」

印崎は志穂を座らせ、自分はその横、つまり両親の間に腰を下ろした。

志穂が眩しそうに、額の上で手で庇《ひさし》を作った。

「眩しいですか？」

「大丈夫です」

「そうだ卓君。車の後ろにひざ掛けが入っているから取ってきてくれるかな。陽が翳《かげ》ってくると寒くなるからね」

言われたとおり探して母親に渡した。志穂は照れくさそうに受けとると、膝に広げた。

コトニは、さっそくグレープと走り回っている。後ろの原っぱをあっちに行ったりこっちに行ったりで、さっきまでは声を嗄《か》らして泣きじゃくっていたくせに、もうケロッとしてなにもなかったようにはしゃぎ回っているのだから、無邪気なものだ。

印崎の帽子はじっとして動かない。海をたっぷり眺めているのだ。斜め後ろにある車のバンパーに寄りかかっている卓からは、かすかに横顔が見えるが、その表情は相変わらず穏やかだった。

「遺跡の発掘をしていると」

印崎がしゃべった。

「触る土から、昔の人の気持ちがほのぼのと伝わってくるんです」

「みんな、なにを食べていたの?」

思わずといった感じで、卓が訊いた。

「海から魚を獲り、あとは木の実や果物をね。オットセイもよく食べていたんだよ」

それは貝塚で分かるのだと言った。貝塚からは貝殻だけではなく、魚の骨やオットセイの骨もある。

貝塚は幾層にも重なっていて、その層で年代が計れるのだが、その結果、彼らは一万年という気の遠くなる年月を同じ場所で暮らし、移動しなかったのだとしゃべった。

「早朝起きて魚を獲り、おいしそうな木の実を採集する。余った時間で土器を焼き、住居を修理し、あとは楽しいことを見つけてはそれに興じる。一万年も二万年も同じことの繰り返し」

「同じことをして、退屈しないのかな?」

と卓。

「どうかな、想像してごらん」

卓は情景を頭に思い浮かべた。

毎日毎日、海で泳いだり波乗りをする。いろんな遊びを見つけ出しては夢中になる。それからみんなで、わいわいと食事をする。学校もないし、会社もない。そう思うと、悪くないと思った。

「でもさ、パソコンゲームがないとつまんないかも」

「そうか……でもね卓君。昔の人は自然そのものがゲームだったんだよ。冒険、謎《なぞ》解《と》き、スリル、なんでもある。自分が実際に体験するすごいゲームだ。現代人はそれができないから、画面を通して楽しんでいるだけかもしれないね」

「あっ、そうか」

「現代が古代より幸福だ、という証明はだれにもできない。でもこうして海を眺め、耳をすませば、自分の中に眠っている古代が目覚め、答えが彼方から聞こえてこないかな？　幸せはいつの時代にもあるんだと」

少し難しいことを口にした印崎は、視線を遠くに延ばした。

後ろでコトニの声が聞こえた。少し下ったところで、グレープと絡み合っている。卓は嫉妬を覚えていた。自分も参加しようと駆け出した。

「この人」

口を開いたのは志穂だった。

「どうなんでしょう。治《なお》りますか？」

「治るって？」

文弥は棘《とげ》のある声でやり返した。話したくない気分は、かなり回復している。

「だれが病気なんだい」

「あなたに決まってるでしょう。包丁まで振り回したのよ」

「やめなさい、この人の前で」

「いいじゃない。印崎さんに聞いてもらいましょうよ」

「ほうそうかい。じゃいいよ。君の借金が家計を破壊しましたって話。そして尻拭いはぜんぶ僕にしてもらったってね」

「よしてよ、ばかばかしい。なにもかもあなたが甲斐性なしだからよ」

蒸し返した。

「勝手なこと言うんじゃない」

「まあまあ、少しいいですか？」

印崎の声が割って入った。声は重厚で、それだけで二人が黙った。

「お二人のお気持ちは分かります。二人とも正しいことをおっしゃっている」

思いがけない台詞に、文弥が眉を上げた。

両方の言い分が真っ向からぶつかっているのに、二人とも正しい？　なにを言い出すのだ？

どう考えても筋の通る話じゃない。文弥は首をよじって印崎を睨んだ。

「それって変じゃないですか？　意見が対立しているのに二人とも正しいなんて」

「そう感じるのも無理はないのですが、人というのは、それぞれ自分が正しいと思うものです。そしてだれもが正しい」

と言うと志穂も応じた。

「意味が、まったく分かりません」

まったくという言葉を強調し、不快感を隠そうともしない。

「おたくみたいに、そっちもあっちも正しいなんて曖昧《あいまい》な人がいるから、世の中おかしくなってくるんです。なぜ悪いのは悪いと言えないんですか？」

「そうですね」

にこりと笑った。

「アメリカはイラク攻撃が正しいと思っている。一方、テロリストは爆弾テロが正当な手段だと思っています」

「……」

「日本の真珠湾攻撃は卑劣な侵略だとアメリカは主張しますが、日本側にも言い分があって、アメリカの陰謀、挑発につい乗ってしまったのだと力説する。常に自分が正しい。百年言い合っても議論は底なし沼の泥仕合。個人も案外同じなんです」

印崎は、左右を眺め回しながら続けた。

「ご覧なさい。空の配置、海の色、この風の匂い。どんな名画でもこの大自然にはかないません。それにくらべて人間のやることなど不完全で足元にも及ばない」

言葉を止め、帽子をかぶり直した。

「人は、自分の物差しで測ります。使用するのはあくまでも自分の物差し。これが実に便利にできていて、ゴムのように伸びたり縮んだり都合がいい。他人を測るときは短くなったり、自分のときは長くなったり……」

「でも、それじゃ善悪はなんで判断するんですか？」

文弥が納得しかねて訊いた。

「そう、その善悪ですが……善悪ってなんですかね……」

印崎は、天に問うように言った。文弥が溜息まじりに考えようとしたが、印崎が先に妙なことを口にした。

「宇宙に善悪はないのですよ」

言っている意味が分からなかった。

「たとえば自動車と自動車がぶつかると、どちらが悪いという話になりますが、星と星が衝突してもどっちが悪いということにはなりませんね。どうしてでしょう？」

「それは……」

文弥は言い淀《よど》んで下を向いた。ちょっと考えてから顔を上げた。

「人間が絡まないからです。星と星がぶつかったところで、人に害を及ぼさないからじゃないですか。人間にとって、どうでもいいことに善悪という考えは及びませんよ」

印崎は軽く微笑み、そうですねと言った。

「では、星と地球がぶつかったらどうでしょう？　その結果、大勢の人間が死んだとします。星が悪いでしょうか？」

「いえ……そういう場合はなんといいますか、自然災害ですから」

「そうですね、軌道を外した星が悪いという話にならない。善悪ではなく、そこには宇宙の厳しい現実があるだけです。たとえ星が百万人の命を奪ったとしてもです」

「……」

「つまり宇宙に、善悪はないのです」

繰り返した。

「宇宙は、自然です。ということは自然も同じですね。台風が暴れて人が死んでも台風は悪くない。それどころか、台風の力を甘く見た人間が悪いのだと、被害者の方が責任を問われかねません。気がつかないかもしれませんが、我々は自然の方が常に正しいと思っているはずです」

「まあ、そうかもしれませんが……」

渋々答えた。

「自然界にも善悪はありませんから、ライオンがキリンを殺して食べても悪くはない」

「……」

「しかし人間がキリンを殺すと、それは犯罪になって罰せられます。分かりますか」

なんだか奇妙な転がり方をしているような気がした。

騙《だま》されているようでもあるが、説得力はある。頷《うなず》くほかなかった。

「少し理解できましたか？　宇宙や自然に善悪はないということが」

念を押された。

「となると善悪は、どうやら人間が作り出したもの、ということが言えそうですね。だれかが勝手に作った」

これはペテンだろうか？　しかし突っぱねられない。

印崎の物言いは神秘的で、底引き網で頭ごともっていかれそうな力がある。

宇宙、自然界に善悪はない。そのことに半信半疑でいると、印崎が問いかけるように二人に訊いた。

「でしたら人間の作った善とはなんで、悪とはなんでしょう」

「……」

「この人があの人をぶった。それは正当防衛だと主張する。すると相手は過剰防衛だと反論します。いやいや、たとえどんなことがあっても暴力は絶対に許されない。でも、そうじゃない、例外もあって身の危険を感じた場合には殺人だって許される……と永遠に言い争って時間が無駄に過ぎてゆきます。裁判をごらんなさい。一審が黒で、二審があべこべの白にひっくり返ることはざらです。法律のプロ同士が膨大な日数と費用をかけたところで白黒、つまり善悪の判定など、とてもできるものではないのです。まして素人の我々が」

「でも」

志穂がひざ掛けの塵《ちり》を払いながら言い返した。少し皮肉っぽい色を含んでいる。

「善悪じゃなかったら、人はなにを基準に行動するんですか？」

「なんだと思います？」

印崎が逆に訊き返した。答えたのは文弥だった。

「やっぱり法律じゃないですか。それ以外にたよるものはありませんし……あとは習慣とか、倫理、あるいは道徳といったルールですよ」

「そうですね。法律、倫理、道徳……たしかに大切だと思います」

印崎の気負わない声が漂い、それを初夏のそよ風が押し流した。

「でも今話したように、ルールや法律の解釈などどうにでもなるものです。たとえば原爆は禁止ですが、でも大国の保有は許されています。これが世界の決め事ですが、おかしくないですか？」

「たしかに」

二人が声をそろえて言った。

「納得できない決まりごとはいたるところにあって、さらに一人一人がルールを自分流に解釈しますから、金科玉条にするのは危険すぎます」

「では、なにを基準に？」

志穂がいらつくような口調で問うた。

「愛情です」

思いもよらぬ基準に、しばらく言葉が出なかったが、かろうじてしゃべった。

「愛情って、愛情ですか？」

「そうです」

「曖昧すぎませんか、愛なんて」

「そうですよ、愛もけっこうですが」

志穂が補足し、さらに付け加えた。

「愛しているがゆえに殺した、ということもあるんじゃないですか？　シゴキは愛のムチという人もいますよね。愛なんて漠然としていて、行動の基準にはならないと思います」

「まったくその通りです」

印崎は否定しなかった。

「愛は漠然としていますから、心無い人が愛を利用しようとすれば、いくらでも誤魔化せるものです」

印崎は、誰に話すでもなくしゃべっている。

「本来、好きだから殺すというのは愛ではありません。相手を独占したいという欲望にすぎない。そして今おっしゃった愛のムチは生徒のためというより、ほとんどが自分の実績を上げたいという指導者の名誉欲や金銭欲から出る感情です。愛に名を借りた利己的な行為であって、ほんとうの愛とは縁遠いところにあります」

「では」

文弥が訊いた。

「ほんとうの愛とはなんですか？」

「はて、いつも自問するところです」

「ほらやっぱり曖昧じゃないですか」

と志穂。

「たぶん〝良心の声〟に従えるほど、心を静かにすればおのずと分かってくるものだと信じています」

「心を静かにすれば分かりますか？」

と文弥。

「ええ、そう願っています」

「そんなものですかね」

志穂が疑った視線を印崎に向けた。

「つまり」

印崎が続けた。

「愛は一方的に与えるもの、与えるだけのものです」

「……」

「卓君の行動には愛がありました。とにかく家庭を救いたい。それ以外は考えなかった。自分の見返りはなにも期待しなかった。真の愛情には力があります。だから、みなさんは卓君を認めたのです。そうじゃないでしょうか」

今までまったく考えたこともない別のテーマで新鮮なものを感じた。それには良い予感めいたものが含《ふく》まれている。

「与える愛ってなんですか。僕には難しくてよく分かりませんが」

正直に質問した。

「相手を受け入れることです」

「どうやって？」

印崎は帽子に手を添え、まったりと空を見上げた。

「いい雲ですね。そう思いませんか？」

促《うなが》されて目を上げると、わずかに夕陽が芽ばえていた。なんとも言えない雲がぽっかりと浮かんでいる。薄ピンク色の綿雲が二つ、ぬくぬくとしていてこれほど心休まる雲はめったにない。

「きれいだあ……」

思わず溜息が出た。

「それが愛です」

「えっ？」

きょとんとした。

「きれいだと思った。そのままを無条件で受け入れていますね。それが雲に対する愛です」

「受け入れること……受け入れることが与える愛？」

「そう、条件なしで受け入れる。それが愛を与えることにつながるのです」

分かったような、分からないような話だった。しかし理屈でない、なにか温かいものがそこまで来ているようで、あともう少しで触れそうだった。

「相手を受け入れることは、愛を与えること」

印崎が念を押した。

「でも印崎さん」

文弥が反論した。

「自然相手なら簡単に受け入れられると思います。だれだって感動しますから。でも人間となるとそうはいかないじゃないですか。人は感情の動物です。気に食わないやつとか鼻につくやつならで、そもそも愛を注ごうという気が起こりません」

と言って、ちらりと志穂を見た。

「そうですね。でも意図的に愛そうと思ったときは、簡単な方法があります」

「簡単？」

志穂がほんとに？　という疑いの混じった視線を印崎に向けた。

「ええ簡単です。することは三つ」

「三つだけですか……」

「ええ、まず相手の過去を水に流すことです」

「水に流す……」

「そう、そして現在を賞賛《しようさん》する」

「……」

「三つ目は未来を応援します。この三つです。これで相手を受容でき、相手も受容されたと安心します」

「それが愛情ですか？」

「ええ」

過去を水に流し
現在を賞賛し
未来を応援する

と文弥が心で呟いてから、急にむきになってしゃべった。

「無理ですよ。だって彼女の使い込みも許すんですか？　償《つぐな》いもさせずに」

「私だってできないわよ、すべてを水に流せなんて」

志穂も応じる。

「印崎さん、もし、はいそうですかと許したら、この人はまた暴力を繰り返すんじゃないですか」

「おまえこそ浪費漬けだろう。この場合は、やっぱりけじめが必要だと思います。悪いことをしたらペナルティを科す。国家だって罰を与えて矯正するじゃないですか。でなければ治るわけはない」

この件では、夫婦の意見が一致した。

「そうですね」

印崎は真顔で答えた。

「お互い許せない。それでいいんですよ」

「ちょっと待ってください」

文弥はまた混乱した。

たった今、水に流せと言ったのに、今度はそうしなくてもいいと言う。馬鹿にされたような気になった。

「言うことが分かりません」

煮え切らない話に腹が立った。

「どっちなんですか？　相手を許すのですか？　それとも」

「ええ、どちらでもいいんですよ」。静かな口調で続けた。「許したくないと思うなら許さなくても。人間は自由だということです。好きなように振る舞ってみてください。ただその場合、もう一度よく考えてみることです。だれが許す、許さないを決めるのかをね。許すという以上は、相手を悪いと判定しているからですね。ではその善悪は、だれが決めるんです？」

「……」

「ほらまた善悪が登場しましたね。そういう考え方をする以上、常に話は振り出しに戻ります」

印崎は、十八世紀のヨーロッパに起こった実際の話をした。

〈貧困に喘《あえ》ぐ民衆が立ち上がって国王を倒した。怒り狂った民衆が、宮殿に押しかけてみると、贅沢品にまじって見つけたのは大量の絵だ。国民が飢えているというのに、国王は絵ごとき贅沢品に貴重な税金を浪費していたのだ。

「馬鹿にしやがって」

注目したのは、大半が一人の画家の絵だったことである。

王様は、ことのほかその絵描きを気に入っており、彼のすべての作品を買い占めていたのだ。

民衆の怒りの矛先は画家に向かった。俺たちの税金で肥えている。民衆の敵だ。

さっそく画家を捕まえ、縛り首にした。

ところが国が落ち着きをみせると、徐々に画家の違う真実が見えてきたのだ。

調べてみると、彼は絵の代金のほとんどを貧しい人に惜しげもなく渡しており、しかも一部の代金は、こっそりと革命側に流れていたのである〉

「この場合、画家は悪者ですか？」

印崎は訊いた。

「……いえ……」

さっきの勢いは鳴りを潜め、力ない返事をした。

「では、心優しき画家を縛り首にした民衆に罪はありませんか？　王様は罪人ですか？」

「……」

「王にしてみれば、幼いころからそういう教育を受け、単に家を継いだだけです。はただれだってそういう環境に育てば、気づかずに贅沢に暮らすかもしれません。はたしてそれが縛り首に値する罰なのでしょうか？　画家、民衆、王様、この三人のだれが正しくて、いったいだれが間違っているのか、どう思います？」

投げ出したい設問だった。

「立場立場で、答えは自在に変わります。人間は自分の尺度で、都合よく理由を造り上げたりもします。無自覚のときもありますがね。しかしそうやって他人を裁き、相手に罪と罰を与えた場合」

「……」

「それはいずれ、理不尽な裁きとなって自分に返ってきます」

「……」

「子供が大人になって年老いた親に、叩かれた思い出を話すと、親はほぼ記憶にないと否定します。罪の意識があるからです。これは断言できますが、裁けば、いつか必ず裁き返される。それが自然の摂理です」

文弥は額をかきながら遠慮がちに、それでも口を開いた。

「志穂の使い込みは、正しいというのですか？」

「私は、そういう見方をとりません」

印崎がしゃべった。

「正しいか間違っているかではなく、そこに愛があったのか、なかったのかです。でもそれは、ご本人だけが分かっていることで、心を開き、良心に耳を傾ければ、自《おの》ずと聞こえてくるはずです。ですからご本人にまかせます」

志穂は沈黙していた。なにかを考えているようだった。願わくばブランド品漁《あさ》りに愛があったなどと言わないで欲しいものだと思った。

「古代、人々は愛にあふれていました」

印崎が語った。

そして物質社会になった。人は法律を作って自分の所有物を守りはじめる。

その時だ。あっという間に愛の力が薄れ、法律が主役に躍り出たのは。

力が逆転した。

それからというもの人間は年がら年中法律を崇《あが》め、ひれ伏すようになったのだとしゃべった。

「最近では、肝心の愛はそっちのけです。なにかあると合法か非合法かで対立します。しかしさっきも言いましたが、個人がルール、法律で裁くなどたいがい金と時間の無駄でしょう。結論など出っこないのですから」

イジメ問題も同じだと語った。大人が合法か非合法かで考える限り、子供だってそうなる。どんなにイジメても、バレなければいいと。

「そこに愛情は見えません。病気をかかえ困っている人を放置しても違法ではなく、人を騙しても合法なら許されます」

文弥も、たしかにそんな時代だと思った。

「人間が蓄財を覚えてから、極端に愛の地位が下がりました。愛よりも法律万能の世になったのです」

法律は勝ち負けなので、気に食わなければ弁護士や警察と結託し、うまく利用すれば勝つ。いとも簡単に外部勢力を家に呼び込めば、家庭は愛の巣ではなく、法律という大機構の中の、小さな組織体になってしまうと語った。

「現に、そうなっていますね」

印崎はだれに話すでもなく、まるで海に語りかけているようだった。

面白い話があると言った。

サソリと蛙の話だった。

〈サソリは川の向こう岸に渡りたい。しかしサソリは泳げません。だから蛙に頼んで、背中に乗せてもらうことにした。

蛙が泳ぎ始めてしばらくすると、サソリはどうしても蛙を刺したくなります。理由などありません、本能ですから。ただ刺したくて刺したくてしかたがない。

そしてとうとうこらえきれなくなって、ぶすりとやってしまう。

その結果、蛙は毒が回って死にますが、しかし自分もまた溺れてしまう〉

「なんて馬鹿なサソリなんだろうと思うでしょう。自分だって死ぬのに、なぜ刺してしまうんだろうと。でも毒針を持っている生物の習性ですね。どうしてもやってしまう。ご夫婦で一緒に渡らなければならないのに、奥さんは法律という毒針を持ち、旦那さんは腕力という毒針を持っている。持っていれば使いたくなります。そしてそれぞれが正当を主張します。でも結局、二人の運命は一緒、蛙とサソリなんです」

印崎は背筋を伸ばし、潮風を深く肺に入れた。

寛《くつろ》いだ雰囲気で、どうですか、そろそろ毒針を折りませんか、針でやり合うのではなく、愛の光を纏《まと》ってみませんか、と言って二人の背中に手を当てた。

「お子さんのためにもね」

いつの間にか、海は夕映えに染まっていた。

紅《くれない》の海……

文弥はこの光景を以前観たことがあると思った。そう、あの夢で観たのだ。

アーチャーの台詞を思い出した。

――人生、いたるところにサインがある。それはノイズに混じっている。穏やかに心を保てば、サインが見えてくる……三人の人間が現われ、文弥の人生が完成する――

ふとアーチャーが一人目だったのではないかという気がした。

そして二人目は、印崎……そうに違いない。では三人目は？

これから現われる、ということなのだろうか？

今日という日は印象的だ。いつまでも心の中に、棲み続けるだろうと思った。文弥は遠くに視線を延ばした。

波はなく、きらきらと眩しく輝く水面を漁船が二隻、黒いシルエットになって滑ってゆく。

美しさが心に染《し》みた。

そして、ふいにまたなつかしい唱歌が胸に流れた。

あした浜辺を　さまよえば
昔のことぞ　しのばるる
風の音よ　雲のさまよ
寄する波も　かいの色も

ゆうべ浜辺を　もとおれば
昔の人ぞ　しのばるる
寄する波よ　かえす波よ
月の色も　星のかげも

今までの自分は人間ではなく、なにかの道具にさせられていたのかもしれない。
そして今、綺麗で温かいものに包まれている。
そう思った瞬間、張りつめていたものがすっと抜け、疲れた胸に熱いものがこみ上げてきた。

なにかに気付き、それが感動となっていっぱいに満ちたかと思うと、やすやすと限界を超え、目頭が熱くなった。

「アルトリ岬……」

印崎がぽつりと言った。この岬の名前だった。

――アルトリ……――

文弥は、心の中で呟いた。

「アイヌ語で、遠く、向こう、という意味です」

声が聞こえてくるようだった。

はるか幾万年もの時空を超えてきた抒情詩が舞って、悠久《ゆうきゅう》を畏敬《いけい》し、感謝の祈りの旋律がくるくる回るオルゴールのように清らかに伝わってきた。

とろりとした夕陽が、海を紅に染めている。

アーチャーのタロットがこの風景を暗示し、切羽《せっぱ》詰まっていた自分はずっとここに導かれ、そしてたった今辿《たど》り着いたのだ。

アルトリ岬。

文弥は忘れえぬ会話と、目映《まばゆ》い夕陽をしっかりと胸に刻み込んだ。

三十点の自分

よく眠れない日が数日続いた。

体調が悪かったわけではない。なにかが終わって、なにかが始まっている予感がし、曖昧にざわめいているのだ。

終わったのは鬱だった。

気だるさ、微熱、食欲不振、倦怠感との闘い、かつては女装だけがしゃんとなる特効薬だったが、しかし今は違う。根深い抵抗もなく身体がとても爽快で、コスプレに対する未練は微塵《みじん》もない。

印崎との出会いもさることながら、この街のリズムも合ってきたのだろうとも思う。

言い古された台詞を使えば、のんびり、ゆったり、おおらかさが大いなる癒しになっている。

職場からご近所まで、総じてカリカリしたところがなく、神経に障ってくるものがないのだ。

だれがなにを言おうと、うれしかったのは地元で採れた野菜だった。形が多少悪く、東京に出荷できない商品が農家から安値で手に入った。これは旨い。しかも安い。見てくれ重視の都会人に感謝だ。たかが野菜、されど野菜、艶やかな野菜の顔を見るたびに浮き浮きしてくる。見てくれの悪い野菜が自分のように思えた。不完全ではあっても、身の処し方によってはこんなに人を悦ばせるのだ。

良い兆候はすでに現われていた。二人の子供だ。卓は見違えるように変わった。中学生の子供が、あれほどの変貌を遂げるなど信じられないのだが、逆に子供だからこそ、あっさりと過去から抜け出せたのかもしれなかった。とにかく毎日学校で学んでいる。

兄の変化が妹に伝染し、朝のけたたましい身支度がうれしかった。

家族が近くなったと思った。

文弥の目には、なにがどう転がったのか、あるいはぎりぎりのところで何故踏ん張れたのかは不明だが、タロットの予言どおり伊達に来て、印崎と出会ったのは、ほんとうに幸運としか言いようがない。

いやいや幸運ではなく、これぞアーチャーの霊感だろう。

——あえて言えばもう一つ、不思議なことがある——

家に印崎が訪れる前に、街でグレープに出会っていることだ。

今となっては偶然という気がせず、あの生をはかなんだ時あそこにグレープがいて、夢遊病のようにすがりついたのは、やはりこれも天の、いやタロットの導きだったと思うのだ。

——あれで助かった。でなければ列車に身を投じていた……——

すべてが整うべくして整い、なるべくしてなった。そんな気がする。

うれしくなってアーチャーに電話した。

「あんた、それは人間の目には奇跡に見えるかもしれないけれど、宇宙の法則。何事も偶然なんてないわよね。波長の合わない東京から脱出したから、本来のものが姿を現わしただけよ。それにしても印崎さんてどんな男？　紹介して！」

「もちろんだよ」

ほんとうに天の采配なのだろうか？

大袈裟だが、文弥はそう自分になんども自問した。

夕陽に照らされた印崎の横顔。

あれからというもの印崎を思わない日はなく、日を追うごとに会ってもっとたくさん話を聞きたい、という気持ちがつのった。

比較的早く仕事が終わった金曜日、迷いは、伊達駅の改札を出て自転車置き場までだった。思い切って携帯電話を手にした。

しかしつながらなかった。何回かけても電源が切られている、というアナウンスが流れるばかりだ。

一週間が経過しても状況は同じだった。連絡が取れない。

手の届くところにいないことを知らされた文弥は、ますます印崎が神秘的な存在に思えてきた。

——ひょっとしたら、別の惑星から舞い降りてきたのかな？——

しかし二、三日もすると、裏切られた感じがしはじめた。

アルトリ岬では、いつでも連絡を入れてくれとばかりに電話番号を教えてくれたのに、いざかけてみると、これほど長期間電源を切るなど中途半端というか、はなはだ不誠実ではあるまいか。故意に断っているという気もした。

あの親切はなんだったのか？

耳に心地よいことを言い、あとで気が変わったということもある。

考えてみれば、うちの家族などしょせん他人だ。首を突っ込んだところで、なんの得にもならない。印崎にしてみれば厄介ごとなどさっさと遠ざけ、好きなことに没頭するほうが、なんぼかいい。

——そうだよなあ、そんなお人好しなど世間にいるわけはないよなあ——

という思いとは裏腹に、やっぱり納得がいかず、ふいに「無責任だよ、印崎さん」という逆恨《さか》みに近い感情が湧く。

しかし、そう思うそばから、まったく違う心配が頭をもたげる。

印崎は若くはない。そしてだれかと一緒だという気配はない。勘だが、たぶんそうだろう。もし事故や病気で倒れたら、電話に出なくとも不思議ではない。

取り越し苦労かもしれないが万が一ということがある。

不安なことは不安だった。

夕食時、それに触れたのは卓だった。

明日にでも、あの発掘現場に行ってみると息巻きはじめたのだ。

不通になって二週間目のことである。

いろいろ話し合ったが、もう一週間待って、それでも連絡がつかなかったら、文弥もいっしょに行くという結論に達した。

北海道の夏は短い。

夏として括《くく》れるのは、七月の中頃から八月のお盆までのせいぜいひと月だ。その夏にしたって、正気を失った東京の夏にくらべたらまったく可愛いものである。

その可愛い季節は今が盛りだった。

野山のキャンバスは、大自然の夏一色に綾《あや》どられる。

詩情あふれる花がいっせいに咲き乱れ、抜けるように青い空には綿菓子のような白い雲がぽかり、ぽかりと浮かんでいる。

完璧なる神のデザイン。

啓示にも似たタロットカードとの遭遇から、文弥はこの世のすべてがなんとなくそんなふうに思えてならなかった。

爽快、和《なご》み、まろやか、そよ風、新鮮……伊達の夏は快い言葉ならなんでも当てはまった。

温泉はいたるところにあった。

車で少し走ると洞爺《とうや》湖や支笏《しこつ》湖が、清らかな水を湛《たた》え、もう少し先に行けば蝦夷《えぞ》富士と呼ばれる霊峰、羊蹄《ようてい》山がそびえるニセコエリアだ。

この辺までが、日がな一日まったりと楽しめる日帰りゾーンである。

卓とコトニが気に入ったのは長流《おさる》川だ。

妙に人を寄せ付ける川で、だれもが思わず素足になって、ばちゃばちゃと入りたくなる懐かしい川である。むろん水は身を切るほどにしゃっこいが、ぜんぜん飽きない。

わぁーわぁー、きゃーきゃー、沢に木霊《こだま》する子供たちの歓声は、陽が傾くまで止まりようがなく、家族は肌が触れるほどに近くにいた。

そんな合間を縫ってアルトリ岬に足を延ばす。

家族には内緒だ。一人、暮れなずむ海を見ながら冷えた紅茶を呑む。そんな時間が嬉しかった。

あっという間に夏が過ぎ、やがてトンボが飛びはじめる。

山々が一斉に色付き、透明で寂しげなススキが一面に背丈を伸ばす。

それでも文弥は、アルトリ岬が恋しくなって、訪れては襟を立ててポットに入れた湯気のでる紅茶を呑んだ。

自分とは何者なのか？　人間とはいったい何者なのか？

答えはまだ見つからなかったが、以前のように難しい問いかけだとは思わなくなっていた。

行きつ戻りつしながらやってくる秋を眺め、ほろ苦い溜息をつく。

――印崎さんは、どうしちゃったんだろうな？――

念のためにと思って、電話をかけたのもアルトリ岬からだった。

突然、印崎の声が聞こえた。驚きを隠しつつ心配を告げた。

印崎はすまなかったと丁重に詫びたが、長期間の不通についての理由は口にしなかった。

ストレートに面会を申し出た。印崎は快く受け入れ、街のつつましい喫茶店を指定した。

癒し

印崎は奥の席についていた。

文弥が近寄っても気付く様子もなく、熱心に本を読んでいる。

あまりの集中度に本の中身に興味を覚えたが、革の表紙が掛かっていてタイトルは分からなかった。

白いシャツにレンガ色の少しよれたジャケット、素材はたぶん麻だろう。それが中東風というのか、なんとも神秘的な風合いを醸《かも》し出していた。

帽子のない印崎をはじめて見た。髪を無造作にかき上げ、額の生え際はいくぶん後退している。

例の帽子は、隣の椅子の背の角に掛かっていた。

文弥に気付いた印崎は、立ち上がって右手を前に差し出す。文弥もあわてて彼の手を握った。日本人にしては握手慣れしている様子で、そういうことを頻繁にする仕事についていたのだろうかと想像した。

どこかの議員が浮かんだ。政治家はよく握手をする。

しかし、そんな俗っぽい雰囲気も政治家特有の強い押し出しもない。ただ威厳というか、往年の風格のようなものが身についているのはたしかだった。

いったい何をしていた人なのか？

席に着きながら顔を盗み見た。

顔色はよかった。以前より若干日焼けしている。外国の遺跡で発掘に取り組んでいたのかもしれないと思った。だが少し痩せた感じがする。

飲み物を注文してから、緊張気味に文弥が座りなおした。

「いろいろ、ありがとうございました」

印崎は、軽く首を横に振って微笑む。

「これから……どうしたらいいのかと思いまして……」

「……」

あの落ち着いた視線が頷く。

「家、いや家庭……いやそのう……自分の将来といいますか、すべてをどうしていいのか……」

しどろもどろになった。

印崎は微笑みながら、次の言葉を待つともなく待っているようだった。

しかし、文弥の口は開かなかった。何をしゃべっていいのか分からないのだ。

「どう、なりたいと思っています？」

苛立つ様子もなく訊き返してきた。文弥が爪を噛んだ。

——そう、まさに自分が、どうなりたいのかがさっぱり分からないのだ——

「時間はたっぷりあります。どんなふうでもかまいません。ご自分の未来像をゆっくり描いてみてください」

印崎はコーヒーカップに口をつけると、また本を開き、読み始めた。

放っておかれるのは気が楽だったが、息苦しくもあった。

こういうシーンは不慣れだ。勝手が違う。

今までだったらなにか事が起こって、それをどう無難にやり過ごすかを考えるだけだった。しかし、目の前で要求されているのはそれとは異なる。

なにもまだ発生していないのに、どうなりたいかと問われているのだ。文弥の頭が空転した。

五分くらいたったろうか、印崎が本を閉じて脇に寄せた。

「いかがです？」

「どうなりたいかといわれても……まあ経済的に安心したいというか……」

「そうですね。そして?」

「楽しい家庭を作りたい」

印崎が軽く促す。

「でもやっていく自信がなくって……今のところ平穏ですが、妻はいつなんどきまた突っかかってくるかもしれない気配があるし、子供たちの教育も不安です」

「……」

「それになんといっても心細いのは収入です。この歳での再就職ですから、給料はぐんと減って、共稼ぎで食うのがやっとです。預金も底をついているし。まあ最悪の事態は抜けたと思っているのですが、この間、体調を少々、いや大したことはないのですが肝臓の数値が検査に引っかかってしまって」

印崎は頷くだけでなにも言わない。

口数の少なさは、なんとなく話しなさいというプレッシャーになっている。

しかたなしに、文弥は思いつくまま言葉をつないだ。

「前よりは、はるかによくなったんですけれど……それでもまだ突然不安に襲われることがあり……」

「……」

「なんと言いますか、つまり弱気というか……見えない力に精気が奪われてしまう感じといいますか、実は僕は根っからツキのない生まれで、八方塞がりが自分の運命なんじゃないかと」

話している傍《そば》から、ネガティブな現実ばかりが次々と浮上してくる。

自分でもこれほど欠点が口を突いて出るとは思わなかった。

世の中の、嫌なことすべてに呑み込まれている気分だった。

「なんで僕だけがこうなるんでしょう」

印崎は頷き、どうしてそう思うのかと訊いた。

「さあ、どうしてでしょう。ぜんぜん分かりません。なにかがおかしいんです。これまで、がむしゃらに働き、まじめに暮らしてきたつもりです。それなのにどこかで歯車が狂ってしまってる」

冴えない顔で続けた。

「誠を尽くしていると胸を張れるところまではいかないかもしれませんが僕は努力し、家庭は一応落ち着いています。それでも家族は、みんなそっぽを向いていると思うんです。苦手ですよ。たぶん僕は軽く見られてる」

印崎はただ静かに首を動かすだけで、否定もしなければ、肯定もしなかった。

「これからどうなるんでしょう？」

「相川さん」

正面から文弥を見た。

「一つだけ聞かせてください。ご自分が好きですか？」

「えっ」

もう一度、ご自分が好きですか、と印崎が繰り返した。

「ひょっとして、お嫌いなんじゃないでしょうか」

「いや、そんなことは……」

うまく会話が運ばないのは、心が揺らいでいるせいだ。

「では、お聞きしますが、自分と結婚できますか？」

「えっ？」

唖然《あぜん》として質問の相手を見返した。

「もしあなたが女性だとしたら、結婚したいですか？　相川という男性と」

「それは……」

しどろもどろになって答えた。

「ちょっと……遠慮します」

「できませんか？」

「ええ、まあ」

「なぜでしょう？」

「……」

「嫌なところがおありなんですね？　どの部分ですか？」

穏やかだが、有無を言わさない口調で畳み掛けてくる。

――どの部分かと問われても……――

「では質問を変えます。結婚相手としてどこが落第ですか？」

それなら二、三浮かんだ。

「ええと……収入が少ないことです。それに資産もない。その点だけでも結婚相手としては」

「……」

「それに……男として気が弱いというか……指導力といったものが欠けているので頼りないところもありますし」

話すとマイナスな箇所が、ぞろぞろと這い出してきた。

印崎の腕は肘掛けにのっており、指先をこめかみに添えていた。その目は静かに文弥を見つめているのだが、安心してぜんぶ吐き出しなさいと言っている。

続けて二、三搾り出した。

「意外とあるものでしょう？」

印崎が穏やかな顔で付け加えた。

「人間は自分を見ているようで、あまり見ていないのですよ。自分すら文弥という男が苦手なら、他人に好きになれ、と言っても無理かもしれませんね」

突然、足音が聞こえた。背後からだった。

若いウエートレスが回り込んで、印崎の新しいカフェラテと文弥の紅茶を配った。

印崎は笑顔を作って丁重に礼を言った。

これおいしいですよ、いつもどうもありがとう、とはっきりとした温かい口調で告げたのである。

ウエートレスは満面に恥ずかしそうな笑みを浮かべ、お元気ですかと返した。常連客なのだろうが、正直あまりいい気はしなかった。なぜ娘のような歳のウエートレスに、あれほどへりくだるのか。

こっちは年長者でしかも客だ。本来なら頭を下げるのは向こうで、印崎ともあろう貫禄ある人物は、もっと鷹揚《おうよう》にしていればいいのだ。

もしかりに言ったとしても「あっ、どうも」と、軽いものに留めるべきではないか。

「印崎さん、随分丁寧なんですね」

嫌味っぽい口調になった。この際、そういう振る舞いはキザに見えることを、正直に言ってやりたいと思った。

「どうしてそこまで頭を下げるんですか？　われわれは客ですよ。お金を払う以上、やり過ぎでは……」

　言った瞬間、しまったと後悔した。

　他人がウエートレスに頭を下げたからといってケチをつける筋合いなど、これっぽっちもないではないか。余計なお節介《せっかい》だ。これだからだめなのだ。

　日頃思っているのだが、自分がトラブルに巻き込まれるのは、気弱な男に徹しきれない、この半端な自己主張のせいなのだ。

　印崎の反発を覚悟したが、わずかににこりとしただけだった。

「そういう考えもありますね」

　カフェラテを呑む。

「でも、私はこう感じるんです。たしかに今、コーヒー代くらいは私にもある。しかしいくらお金があっても、この店にコーヒーがなかったら呑めません。ですからなんとなく感謝する気持ちが……」

「印崎さん、喫茶店ですよ。コーヒーがなくちゃ話にならないじゃないですか」

「そうなんですがね。おかしな話だが、私にはそれが当然とは思えなくって」

　言って座り直した。

「豆を栽培する人、摘む人、運ぶ人、輸出する人、船で運ぶ人、焙煎《ばいせん》し、お湯を沸かし……と数多《あまた》の人の手を借りて、はじめてコーヒーという旨い飲み物が出現する。三百円あったから出るわけじゃない、とこう思ってしまうのですよ。その中の一人でも欠ければコーヒーにありつけないとね。だから私は彼女を含めて、かかわった人みんながいてくれて、ああよかったとうれしくなるんです」

文弥は半ば呆《あき》れるような眼を向けた。

「そんなことを言ってたら、買い物するたびにあちこちに頭を下げまくることになりゃしませんか?」

「じっさい、それに近い感覚はあります」

意味は分かるが、かなり鼻についた。

金を払う客がいちいち馬鹿丁寧に感謝するなど、印崎はきっと自虐趣味的傾向が強いのだ。過剰はキザだ、ということを分かっていないのかもしれない。

それとも立場が上なくせに、あんな若い子にわざと頭を低くして、人格者を気取ろうとしているのだろうか? ならばもっと鼻持ちならない。

文弥は品定めの目で印崎を眺めた。

しかしその視線を歯牙《しが》にもかけずに、この場をとりしきった。

「お金を出したら」

印崎がとつとつとしゃべった。

タクシーに乗れるのだが、その前にタクシーがそこを通りかからなければならない。都会では当たり前である。しかし田舎ではそうならない。

そして外国ではもっと稀《まれ》だ。

流しのタクシーなど奇跡に近いのだ。印崎は嫌というほど、そんな痛い目に遭っているると体験談をしゃべった。

お金は持っているのだけれど、肝心のタクシーが通りかからない。

しかたがないので、とぼとぼと夜道を歩く。いつゲリラや強盗が出てくるか分からない危険な夜道である。生きた心地がしないというのはこのことで、小一時間も歩いてようやくタクシーを見つけたときには、大袈裟かもしれないが天を仰いで感謝したものだった。

「そういった国では、お金などあまり意味がありませんでね」

次の三つの奇跡が起こってはじめて、目的地に着けるのだと言った。

奇跡的にタクシーが通りかかること、奇跡的に運転手が乗車拒否をしないこと、そして乗った運転手が奇跡的に強盗でないこと。

「日本では普通のことですが、世界ではむしろ例外です。よくお金を出せばなんでも買えると言いますが、それはごく少数の先進国だけです。私は野性的な国々で過ごしすぎたのかもしれない。ですから、こうして一杯のコーヒーに無事ありつけるのが、とても……」

言葉を止めてしみじみとカフェラテを眺め、それから旨そうにすすった。

文弥は胸の内で舌打ちした。

印崎がそういう危ない国で暮らしたことがあり、そういう苦い経験が身体にしみ込んでいたのなら、今の丁重なお礼も感覚として理解できるというものだった。

そうとも知らずに、鼻持ちならないなどと早合点した文弥は、赤っ恥を掻いたかっこうで目のやり場に窮《きゅう》して下を向いた。

ただ一つだけ意外に思ったことがある。

それは風貌からして根っからの都会派だと思っていたのに、どうやら発展途上国にいたらしいということだった。商社マンだったのだろうか。

「話を戻しますが」

印崎が、コーヒーカップの中を覗きながらしゃべった。

「自分を丹念に洗ってみると、嫌なところはけっこう見えてきます」

「……」

「それを全部、書き出してみてください」

「今ですか?」

「はい」

「紙に?」

「ええ、ついでに奥さんの嫌いなところも。持ってますか、紙？」

文弥は鞄を開け、仕事で使っているメモ帳を取り出す。それを見届けた印崎は席を立ち、喫茶店の外に出た。

ボールペンを握り、座り直した。気が重かった。

最初は頭が拒絶した。見たくないものを見るのは嫌悪以外のなにものでもなく、なぜそんなことをしなくてはならないのか、という蟠《わだかま》りもある。

自分の解剖は痛い。

しかし、しぶしぶ取り掛かった。

けっこう長い時間を要した。

視線を上げると窓越しに歩道に立つ印崎の姿があった。携帯電話でだれかと話している。だれと話しているのかぼんやりと思い、また文弥は視線を戻し、妻の欠点探しに着手した。

考えるまでもなく、どっと出てきた。

あれもあったし、これもあった。記憶は憤怒《ふんぬ》とともにある。

当時の怒りやら、悔しさやらの感情が盛り上がってきて、何度もペンを叩きつけたくなったが、喫茶店内ということもあり、かろうじて冷静を保ちつつ作業を続けた。

しばらくして印崎が戻ってきた。

彼はメモを催促しなかった。それでもいっときの恥を忍んで自主的に紙を渡した。

「まだまだあるのですが、今思いつくのはこのくらいで……」

欠点を他人に読まれるというのは、顔が赤くなる想いだ。

しばらくメモを眺めていた印崎は、やがてゆっくりと目を離した。

「文弥さんは、きちんと自分と向き合うタイプですね」

少しほっとしたが、油断はできない。

「見つめるという行為はとても重要で、これだけでも随分気持ちが違ってくるものです」

「どう違ってくるんですか？」

その質問に、印崎はうれしそうに目尻を下げた。

「先ほどもいいましたが、意外と人間は、自分のことは分からないものでしてね。自分は親切なのか冷酷なのか？　気が長いのか短いのか？　ポジティブなのかネガティブなのか？　打たれ強いのか弱いのか？　おおらかなのか嫉妬深いのか……はたして自分は、どんな人間なのか？　政治家や、会社の社長はもっと理解していないものです」

「はい」

「己を知る。すべてのスタートはそれからで、それなくしては一歩も進まない」

「でも嫌ですね。自分の欠点など知りたくもありませんし、妻にしても身内の恥をさらすようで」

「それでいいのですよ。だれでも裸の自分からは目を逸らしたいものです。とくにものに感じやすく、うるおいのある人はね。さて、第一歩はこれで完了。次にしなければならない作業は」

「……」

「ここに書き出したネガティブな部分を、相川さんご自身から切り離す仕事です」

「切り離す？」

また意味が分からなかった。予想外のことを言ってくる人である。

難しい顔をしていると、印崎はちょっと角度を変えて説明した。

「今こうして書き出した欠点は、読んだところ相川さんの〈行為〉であって、相川さんの〈肉体〉ではありませんね」

「はあ、まあ……そういうことなら、たしかに〈行為〉ですが……」

「つまり〈肉体〉と〈行為〉を分けます」

「〈肉体〉と〈行為〉をですか？」

「複雑な話ではありません。その二つをはっきり区別してください。これはとても重要な作業で、二つを混同してはいけないということです。必ず線引きする。ここをいっしょくたにすると、苦の人生になりかねません。たとえば」と古典的な例を出した。

子供がつまみ食いをした。昔の親は、この口が悪いのだと言ってよくほっぺたをつねったものである。しかしこれは大きなミスだ。ルールをおかしたのは子供の〈行為〉であって、口という〈肉体〉ではない。口は無実で、冤罪《えんざい》以外のなにものでもないのだ。

しかし子供はそうやって叱られると、自分の口がほんとうに悪いのだと思ってしまう。

その口がだめだ、その手が悪い、足が、頭が……と〈肉体〉を親から責められ、そのうちにだんだんと自分の〈肉体〉が嫌いになる。こうして神経質な子は、自分を嫌いになって、これが自律神経失調症というノイローゼの芽になる。

自分……〈行為〉
　　……〈肉体〉

「同じことが、大人の世界にもあてはまります」

〈行為〉のミスにもかかわらず、その人の〈肉体・存在〉そのものを責めてしまう。お前が悪い！　駄目だ！　クズだ！

みんなから何度も何度も自分の〈肉体・存在〉を叱られると、自分の〈存在〉そのものを呪うようになり抹殺したくなる。これが自殺だ。

だから自分の〈肉体〉と〈行為〉を区別して捉える必要があると強調した。

「ここにお書きになったように」

文弥の手書きのメモに目を落としながらしゃべった。

「問題を避ける小市民的なところが嫌いだというのは、その〈行為〉が嫌だというだけです。ですからまず最初にすることは、その嫌だと思う〈行為〉を自分から切り離し、いったん遠ざけてみることです」

と言って、自己暗示の方法を教えた。

「まず目を瞑《つぶ》って、頑丈な鉄の箱を頭の中に描いてみてください」

文弥は命じられたままをイメージした。重そうな鉄の箱である。

「その中に自分の嫌いな性格や失敗した経験、忘れたいものを次々と放り込んでみてください。なんでもかんでもです。入れ終わったら、よっこらしょと重いフタを閉め、厳重に鍵を掛ける。ゆっくりでいいです。鍵を掛けましたか？」

次に、その箱を船の上から海に落としなさいと印崎が命じた。

ドッボ〜ンと落ちた箱はブクブクと沈んでゆく。深く深く、海の底の底に下りて行く。

「深海の地に到着しました。暗く静かなる海の底で、文弥さんのこれまで嫌だった〈行為〉は永遠に眠り続けます。これでもう大丈夫、嫌だと思うものは再び這い上がることはできません」

メモを文弥に戻しながらしゃべった。

「奥さんの攻撃的なところが嫌いだと述べています。これも同じで、奥さんの〈行為〉です。まずは嫌な〈行為〉だけを切り取る。この作業が完了しないと、だからおまえは駄目なんだ、という〈存在〉の全否定につながります」

たしかに言うことは分かったものの、〈行為〉と〈肉体〉の区別が、今一つ感覚としてしっくりこなかった。

印崎はそれを察したように、分かりやすいたとえ話をした。

フェラーリは車の最高傑作だ。

しかし運転の仕方が分からなくって、ローギアだけで下手くそに走っている人がいた。それを見てフェラーリがダメだと言う人はいないはずだ。

まずいのは運転、つまり〈行為〉。フェラーリ、つまり〈肉体〉はあくまでもすばらしい車で、だったらドライブテクニックを磨けばいいだけのことである。

「人間は、むろんフェラーリ以上の存在です。世界中の科学者を全員集めても指一本、作れない。神のごとき存在です。あなたは、その神のごとき存在の相川文弥という乗り物をきちんと乗りこなしていない、いないだけなのですよ」

言葉が胸に突き刺さった。

――相川文弥を乗りこなしていない……――

なにかが、頭の中で閃《ひらめ》いた。

――相川文弥という乗り物を、上手く乗りこなしていないだけ……――

じんわりと言葉が馴染《なじ》んできた。

コトニの放浪癖も、卓の不登校もいってみればぜんぶ〈行為〉だ。

にもかかわらずコトニという〈存在〉を叱り、卓を駄目だと決め付け、志穂についても同じことをやってしまっていた。

そしてみんな丸ごと傷つき、反発し、ますますおかしくなっていったのだ。

深刻な顔で頭を整理していると、印崎がもう一つ大切なことを指摘した。

「財産のない自分が嫌いだ、という項目がありましたね」

「ええ」

文弥が前のめりに頷く。

お金と人間の関係も一緒にとらえてはいけない。ここを踏み外すと、これまた金銭で苦しむことになる、と言った。

「貧乏な自分が嫌いだ、という感情は往々にして自分は無能だ、という感覚に取って代わりやすいのです。それで自分を無価値な人間、クズだと見下《みくだ》す。しかし、はたしてそうでしょうか？」

リッチかプアーかというのは、生まれた家や国、それに時代のタイミングと運であって、本人の努力や能力以外の要素がほとんどだと語った。

「そんなものですか？」

文弥は、懐疑的な目を解かなかった。

「アメリカの経済学者が、統計をとったことがあります」

「……」

「サンプルは、かつて何億ドル、何十億ドルと儲けたあと、なにかの理由で破産した事業家です。彼らの追跡調査を実施したのですね」

文弥は興味をそそられ、身を乗り出した。

「その結果、再び満足に挽回した人は一パーセントもいませんでした」

「えっ、たったそれだけ」

「彼らは以前にも増して、努力を重ねました。能力を発揮したつもりでした。しかし這い上がれなかった。すなわち、金儲けというのは努力でもなく、能力でもなく、運の要素が圧倒的だということです」

「なるほど」

「あなたも私の歳になれば、きっと分かるはずです。高い学歴を有し、努力を重ねても金銭的に恵まれない人はざらにいるし、その逆にあの人がなぜ金持ちになったのかと、思うような人もいる。その度《たび》にロシアン・ルーレットを思い出すのですよ」

「よく成功者は、努力の賜物《たまもの》だと言いますよね」

「ええ、あれは偶然、お金を手にした人が、後付けで努力だとか能力だとかを口にしているだけです。自分の会社の社員にちゃんと働いてもらいたいので努力すれば報《むく》われると」

人間は欠点を見つけるチャンピオンだから、貧乏なのは怠け者で資質がないからだと〈存在〉そのものを蔑《さげす》むのだ。

貧乏＝無能
このデタラメな関連付けが繰り返されて、ああ自分は無能なのだと多くの人はもっと駄目になっていき、ひどい時には自ら命を否定するところまでゆく。

「日本という国は、自殺者が異常に多いですね」

「民族的に弱いのですか？」と文弥。

「そうかもしれませんが、それより特有の考え方に起因していると目星をつけています」

「どんな考えです？」

「〈行為〉の失敗の責任を、〈肉体・存在〉そのものに背負わせてしまう文化です。顕著なのは事故のとらえ方ですね」

「……」

「人は人であればこそ、必ずミスを起こします。神様とは違いますから」

文弥が頷く。

「ところがこの国は、ミスの上の事故なのに個人の〈存在〉そのものを徹底的に責める風潮があって、社会がまたそれを容認しているのです。よくテレビに映し出されますね。不祥事が起こるたびに、すみませんでしたと土下座する光景が。あれですよ、問題は」

「いや、僕はそれに賛成です」

異を唱えた。

「電車がマンションに突っ込んだ大事故は悲惨ですよ。その責任者が謝るのは当然じゃないですか。そうでなければ遺族は救われません」

「そうです。運転手は亡くなったのですが、生きていれば真っ先に警察は運転手を逮捕したでしょうね」

　印崎が続けた。

「そして、過密運行スケジュールを強いた会社にも問題があった」

「そりゃそうですよ」

「もちろんそうです。しかし、もっとよく考えてみる必要があるのではないでしょうか？」

「……」

「会社とはなにかということです。社員は大勢います。ではどこまで責任を負うのです？　課長ですか？　部長ですか？　取締役ですか？　社長ですか？　あるいは総務や営業はどうですか？　パート社員の責任の範囲はどうでしょう」

　そう言われて返答に窮した。

「会社に謝れと迫る。責任者を出せと騒ぐマスコミは、まるで自分たちが被害者のようです。とにかくだれかをお白州に座らせます。原因追及の前に謝れ、というわけです。これは憂さ晴らしで、とても危険なリンチです」

「……」

「あの事故は単に運転手や会社だけの責任でしょうか？　日本という国全体が背負っている問題ではないでしょうか」

「なぜです？」

文弥は、訝《いぶか》しげに顔を上げた。

「グローバルな感覚で言えば、線路脇に密着したマンションほど危険なものはありません」

印崎は顎を撫でた。

「まず電車は脱線する可能性があります。線路の劣化、地震、強風、走っていれば、いつでもです。にもかかわらず、行政はその異変を想定していません。つまり線路脇ギリギリの建築をどんどん認可しており、おそらく先進国で日本だけでしょうね、線路と住宅の密着を許しているのは。

それに加えて恒常的な列車の定員オーバーがあります。ラッシュ時の二〇〇パーセントというのは度を越している。これは明らかな違法です。しかし警察は見逃しているし、メディアも国民もその危険性を指摘しません。

もっといえば、たくさん乗車させるために強度を保つ梁《はり》を抜いているのをご存知ですか？　欧米向けの輸出電車と構造が異なっているのですよ。あちらの安全基準は厳しいですから。

わが国の電車は、まるで段ボールで出来ていると専門家は言いますが、いったん事故が起こると大惨事になるのは目に見えています。国がそれを放置しているのです。でも事故が起きて槍玉に挙げるのは運転手と会社だけです。土下座しろとね」

印崎は言葉を止め、ゆったりした動作でカフェラテを呑んだ。

「誰かを引きずり出して血祭りにする。これはなんども言いますがリンチです。遺族の中にはそれをすれば、一時的に気が晴れる人がいるかもしれませんが、なんの解決にもなりません。

ほんとうに必要なのは、国を挙げての再発防止と被害者に対する手厚い金銭的な補償です。ところがこの国ではその肝心の部分がなおざりです。とりあえず数名をテレビカメラの前に並べて、謝れ！と怒鳴って、頭を下げさせる。これで終わり、落着です」

「……」

「土下座が一般的な儀式として定着しているのですね。大人も子供も、奥さんも、お父さんも、なにかがあるとすぐに悪者を探し出して〝謝れ〟となる。そしてそれが重荷となって〈肉体・存在〉が破壊されるのです。上から下までこういう風潮ですから、自殺率が高いのは当たり前といえば当たり前ではないでしょうか」

すべては〈行為〉と〈存在〉を切り離して考えられないことから起こる悲劇だと付け加えた。

「こう言ってはなんですが、日本人は人間として、まだまだ未熟だと思います」

そうかもしれないと思った。

「よく言いますよね。おカネの問題じゃない、頭を下げてくれるだけでいいと。しかし遺族にとっては、おカネこそ大切な問題ではないでしょうか。資本主義社会に生きているのですから。あの事故で、いったいいくら補償があったのでしょう」

文弥は腕を組みながら、新しい考えに浸っていた。

――〈行為〉と〈肉体〉は別なのだ――

頭の中で新旧の小競り合いはあったものの、今まで釈然としなかったことが整いつつ胸に落ちてゆくようだった。

さっきのウエートレスが、新しい紅茶を運んできた。

「僕、頼んでないんだけど……」

「はい、サービスですから」

文弥はうれしくなって礼を告げたが、歪《いびつ》な感情を持った前歴があっただけに、ばつが悪く、ひたすら低姿勢で紅茶をすすった。

すすりながら、この先を早く聴きたいと思った。

「では、次に移ります」

印崎がしゃべった。

「手元のメモ用紙を眺めてください」

言われたとおりにした。何度見ても嫌なものだ。

「それを受け入れてください。これでいいのだとね」

「でも、さっきは海の中に沈めろと……」

「沈めたい箱の中身を今、認めてください。あげつらった欠点を、すべてこれでいいのだと受け入れます」

「ぜんぶ受け入れるのですか？」

首を捻《ひね》った。

「資産がなく、気が弱く、指導力がないなんて、随分冴《さ》えないじゃないですか。肯定しちゃっていいんですか？」

印崎が明快に頷いた。

「いいんですよ。嫌な部分と友達になってみてください。それが強くなる秘訣です。嫌な性格、弱い所、そっくりそのまま抱きしめるのです」

「でも……それを認めたら人間として三十点のままですよ、僕は」

印崎は笑顔で大丈夫だと断言したが、文弥は釈然とせず、口を尖《とが》らせた。

「僕は今までなんの脚光も浴びてこなかった、平均以下の男です」

「……」

「そんな自分でいいなんて言い切っちゃうと、三十点に安住してそれ以上、成長しないのではないでしょうか」

「自分を甘やかすから？」

「そうですよ。低レベルのままにどんよりと」

「目標は高いほうがいいと思う？」

「そうじゃないと前へ進まないでしょう？　自分は変わりたいんです」

「それがね、実はそうならない。頑張らないでください」

またまた不思議な言葉が返って来た。どうも今までの習いとは異なる。

「三十点の自分でいいと思った瞬間に、体内の毒が嘘のように抜けてしまうのですよ」

「……」

「信じられないようですね」

「ええ、ちょっと」

「想像してみてください。今のままでいいなら、これほど楽なことはないですよね」

「そりゃまあ、たしかに楽です」

「その時、毒が抜けます」

「……」

「よろしいですか？」

印崎は、気分を変えるように両手を広げた。

「相川さんは、勇気がなく面倒から逃げる性格だとおっしゃった。だからそれを直そうとする。しかしそう簡単にはいかない。もがけばもがくほど、ますますそれに絡《から》め捕られて克服は難しくなります」

ちょうど水泳と同じだと言った。浮こうとあせればあせるほど、あべこべに水につかまって沈んでしまう。

水泳のコツは浮こうとしないで、沈んでもいい、いや逆に沈もうと身を水に投げ出すことだ。

すると思いもよらぬ事態が起こって、身体が浮く。

「こう思ってください。自分は臆病だからつい問題を回避する。でも、それでい
「うーん」

い、最高じゃないかと」

「開き直るんですか？」

「開き直るというより、弱い自分を心から受け入れてやるという作業です。あるがままの自分を肯定する。自己受容。それでいいんだとね。すると堂々と臆病ができます。なに憚《はばか》ることのない臆病」

「はあー」

「自分は臆病なんですよ、とひとたび周囲に公言するや、不思議なことに臆病でなくなります。臆病な人は臆病を隠します。すると今度は隠すことのびくびくさが加わって、ますます臆病になる。ところが弱点を世に発表すると、かえって相手がたじろぎます。自分で自分を臆病だなんて、随分勇気のあるやつだなあとね」

頭がまたこんがらがってきたが、わりとついていける理屈だった。

「臆病を発表する……」

「そうです。自分の弱点を公言して、それでよしと思った瞬間に、弱点は弱点でなくなり、一段高い次元にステップアップしているのですよ」

この不思議な現象を、印崎は「弱点肯定ジャンプ・アップの法」と名づけている、と言って笑った。

それから質問のやりとりが数回あって文弥なりに納得した。

特に三十点の自分を喜んで受容すると、とたんに五十点のレベルに達するという「弱点肯定ジャンプ・アップの法」が気に入った。

「では、ちょっとやってみましょうか？」

さりげなく誘った。

「目を瞑って、そのままの自分を肯定してみてください」

言われるままに従った。

「なにも飾らない、素っ裸のドジで間抜けでどうしようもない愛すべき自分が宇宙に漂っています。あなたに命じる人もなく、なんの義務もない、心からの自由人です。その解放感を味わってみてください」

そして〈三十点の相川文弥がすばらしい！　世界に二人といないかけがえのない人間だ！〉と心の中で三度唱える。ほんとうにすばらしいのだから。

文弥は言われたとおりにした。

——三十点の相川文弥がすばらしい……——

三度言い終えた瞬間だった。まったくもって突如、愉快になって自分が軽くなった気がした。

それはまだもろいものだけれど、理屈とかなんとかではない、これまでに味わったことのない、得体の知れない安らぎだった。

印崎の声が響いた。

「三十点の自分をちゃんと認めましたか？」

「ええ」

「では、そのことに執着してはいけません。すぐ離し、海の底に沈めてください」

また難しいことを言った。

「どういうことです？」

目を開けて訊いた。

「これは少々分かりづらいかもしれません。そうですねえ……音楽の音符、オタマジャクシがありますね」

「オタマジャクシですか？」

「音楽を奏でる場合、一つのオタマジャクシを弾いたら、すぐ手放して、次の音符に移ります。その連続で音楽が成り立っている。人生も同じ要領です。人生をうまく弾きたかったら、弾き終わった音を、執着せずにさっさと手放して次に移ることです」

「うーん」と唸《うな》った。

するを印崎は、握っているものに振り回されるのが人間だと語った。

悪い経験はもちろんのこと、かつての栄光も貯蔵してはいけない。

「いい経験も？」

「ちょっと違和感があるでしょう？　すばらしい経験なら浸りたいものですからね。ああ、あの時はよかったなあと」

「そうです、そうです」

同調し、文弥が疑問を口にした。

「イメージ・トレーニングだってそうじゃないですか。最高にうまくいった時の感触を思い出して臨めば、上手にできるって」

「ええ、よく言います。ただ、それはスポーツの世界、肉体的動作に限られます。それ以外は、ろくなことにはなりません」

これもまったく予想外の話で、ぴんとこなかった。

印崎によれば、輝いていた時の自分を思い出すという行為は、今に満足していないからだと言うのだ。

かつての栄光を思い出せば思い出すほど、無意識のうちに現在の自分と較べてしまい、こう溜息をつく。

〈あの頃は素晴らしかった、なんと今は惨《みじ》めなんだろう……〉と。

しかし、かつてはほんとうにすばらしかったのだろうか？

どうして分かるのか？

今のほうがずっといいかもしれず、過小に今を評価して落ち込んでいるだけかもしれないのだ、と印崎が語った。

「多くの人は今の幸せに気付いていないだけです。人は不正確な物差しで過去の記憶を探って、あの時は輝いていたと、今を嘆《なげ》きがちですが、比較はリスクです」

そう諭《さと》され、漠然とだが理解できた。

「良い経験も、どんどん手放すことです」

「でも、なんだか寂しい気がします」

んでいる。

「そうですね」

文弥は紅茶をすすりながら、印崎の余裕ある話しっぷりに感服しつつものめり込
「別に過去を思い出すな、ということではないのですよ。ただ人は、あの経験があったからすばらしい今がある、というふうにポジティブにはなりにくいのです。十中八九昔を羨《うらや》み、今を貶《おとし》めてしまいます。ですから過去はすべてよかったこととして、あとはさっさとあの鉄の箱に閉じ込め、海の中に沈めてしまうことです」

そう言われて、文弥は自分の過去を振り返った。

冴えない過去を許し、誉めてあげた。そして海に落とした。

それから印崎に言われたとおり現在に戻った。

「う〜ん、やっぱり自分の存在がすばらしいとは思えないなあ」

「どうしてですか？」

「不完全過ぎます」

印崎は口の両端を上げた。

「なにをもって、不完全とするのですか？」

「そうじゃなくて……」

文弥の頭はまだまとまらなかったが、釈然としないものをぶつけた。

「資産家に生まれる子供は資産を受け継ぎ、インテリの家系に生まれる人間は頭脳明晰という宝を受け継いでますよね。おカネやコネ、人間、生まれながらにして不公平だということは自分でも分かっています。でも、そんなに恵まれた家庭に生まれなくても、それを補うだけの要領のよさがあれば、出遅れた分の挽回は可能だと思うのです。しかし自分にはその資質すらない。つまり僕はなにもない。見てくれだって平均以下です。負け犬として世間の片隅で生きる部類の人間です。それでも今の自分を認め、それでいいと思い込むのですか？」

印崎は聡明な微笑を浮かべた。

「ええ、楽しむんですよ」

「どうやって？」

「落とし穴から出れば、すぐに楽しめますよ」

「落とし穴？」

「ええ、他人と較べるという落とし穴です」

「他人と較べる？」

「今、資産家と言いましたが、お金持ちと思われる人と比較していますね。インテリとも較べている。でもその資産家もインテリも相川さんの物差しで漠然と感じているだけです」

「……」

「相川さんは、そういった人に直接会って本音を訊いたことがありますか?」

文弥は首を横に振った。

「資産家は資産を超える何十億円という負債を抱えているかもしれず、相続や税金で親兄弟と争っているかもしれず、周囲から莫大な恨みや憎しみを買っているかもしれず、健康を害しているかもしれません。一般には、資産をはるかに上回る苦しみを背負っている可能性の方が大きい」

地球人口は、ざっと七十億だが価値観は一人一人ぜんぶ違うと念を押した。いわば七十億通りの価値観があって、あらゆることを統合的に比較できる物差しなど存在しないと言った。

「中東の王様になったことを思ってください。おカネはたっぷりありますが、毎日毎日、同じような白い長い服を着て、一日五回もアラーの神に祈り、命を狙われているから数多くのボディガードに囲まれてる。一生そんな暮らしです。躊躇《ちゅうちょ》しませんか?」

「それはそうですが、印崎さん、それは極端ですよ。僕は日本で、一般にアッパーミドルの仲間に入って満足したいだけです」

「そうですね。おカネと愛情あふれる家族の両方を手にできれば夢のようです。そうできれば最高ですが、人生はままなりません。だれでもがたいがいおカネ、健康、家族、仕事……どれかで躓《つまず》いているものです」

人の持っている物差し次第だと言った。

アッパーミドルとは、幾らくらいの金額を言うのか？　一億円なのか？　二億円なのか？　完全なる健康とはどういう状態を指すのか？　愛情、家族とはなにか？　地位や名誉とはなにか？

すべては物差しの問題だ。

今日一日無事に暮らして満足する人と、そうでない人がいる。アラを探し出せば限りがない。自分は駄目だ、あいつは駄目だ、上司は駄目だ、家族は駄目だ、これもあれも駄目……。

すべては、その人の物差し次第なのである。

「人間の物差しというのはなんども言いますが伸び縮みが激しくって、ご都合主義です。贔屓《ひいき》筋には長くなったり、具合が悪くなるとあっという間に縮んだりと、ほんとうにでたらめです。そんないい加減な物差ししか持っていないのですよ、人間は。それを勝手に線引きした理想に恋焦がれ、幻の人生を手に入れようともがいているのですが、もうおやめなさい」

それから小一時間、印崎は文弥の質問を根気よく受け止めた。

で、結局〈今を楽しむ〉という言葉を心に強く刻み込んだ。

文弥にとって、これほど有意義な時間を過ごしたことはかつてなかったが、最後の台詞だけはオーバーだと思った。

〈人間は、自分で解決できない問題は発生しない〉

志穂

志穂は、文弥が変わったことに気付いた。

なにがどう変わったのかしら？

それとなく観察すると、なんのことはない、ただ明るくなったというだけだった。つまり、煮え切らないというか、うじうじした卑屈さが抜け落ちたというに過ぎない。

それはそれで喜ばしいことなのだけれど、だからといって文弥という男が輝ける夫に変貌するわけもなく、甲斐性なしは相変わらずで、不満はたくさん残っている。

なんといっても収入。

高望みはしないけれど、せめて人並みに欲しい。

おかげでこっちはパートを強いられている。むろん自分の収入もお話にならないから、自然と残業時間が多くなって疲れる。

――食べ盛りの子供もいるし……――

出るのは溜息ばかりだった。

そして能力を正しく評価しない会社へは、我慢が限界を通り越していた。その辺の兄《にい》ちゃんや姉《ねえ》ちゃんと一緒くたにされているのだ。見栄《みば》えのする商品の並べ方だって、客受けする気の利いたセールス・トークだって、私とは月とスッポンなのにもかかわらず、時給は同じ七百円。

——なんで、お馬鹿と同じなのよ——

最近ますます職場の人間が、低レベルに見えてしかたがない。誰一人として志《こころざし》などあったためしがなく、最低の収入に甘んじながら歳を取ってゆくことに、なんの疑問も持たない連中ばかりよね。上昇志向もなければ、要するになにも考えていないのよ。ぬくぬくした自然に囲まれているからぼーっとしてるのか、それともなにも考えない人間が好んで田舎に集まるのか、好奇心の欠片《かけら》もない。

仕事仲間は数人いるが、みな無能だから腹の底では見下している。洋服のセンスが田舎丸出しで、どうしたら平気であいうものを身につけていられるのか、まったく理解に苦しむ。

でも比較的美人は多い。

これには正直言って負けるけど、それにしてもどうってことはないわね。だってみーんな田舎風美人というやつで、ぜ～んぜん洗練されてないんだもの。

着てる服とか立ち居振る舞いに品がないのはもちろんのこと、目がぱっちりしていようが、鼻筋が通っていようが、垢抜《あかぬ》けない風采《ふうさい》でぜーんぶ、ぶち壊し。

それに鼻につくのが北海道弁というやつだわ。

方言って強烈。

うかうかしてられない。自分はぜったいに染《そ》まらない、と覚悟を決めれば決めるほどかえって気になって、釣られそうになってくるんだから。

特に節子《せつこ》のアクセントはひどい。なんでも浜《はま》言葉というのだそうだ。

四十五歳の既婚者で、なにかと良くしてくれるのだけど、「あんた、その赤い靴、すっごく目立つっしょやあ～。値段いくらだったべか?」だもの。

なーに、あのしゃべり方。

よっぽど白金《しろかね》の「プラチナ通りよ」と言ってやろうかと思ったけど、プラチナ通りなんて、どうせ分からないだろうから処置なし。

靴の値段まで、ずけずけ訊いてくる無神経さもたまらないけれど、「○○しょや～」とか「○○だべさ～」とか「○○なんだわぁ～」という語尾を伸ばす言い回しが、もうダメ。

郷に入っては郷に従えという諺《ことわざ》があるけれど、べたーっとくっ付くような物言いは、自分の体質にはまるで合わない。

ぶつぶつ言ってもどうしようもないことは分かっているけど、ダメなものはダメ。こんな言葉に囲まれていると、今にジンマシンがでるわ。

それでもって、あの厚かましさはなあーに。

直売店の買出しとか、職場での温泉巡りとか誘ってくるのはいいんだけど、油断すると私生活にまで刺さり込んでくるのよね。

わざわざ煮物を容器に入れて持って来るなんて、よけいなお節介よ。

家庭にはそれぞれ好みってものがあるでしょう？ うちは薄口なの。

こっちの好き嫌いなんてまるで眼中になく、タダなんだから喜んで受け取るだろう、という態度がたまらない。そのお返しを考えると、頭がくらくらするわ。

だってそうでしょう？ 失礼のないものを田舎で探すのって至難《しなん》の業《わざ》なのよ。

ったく、ありがた迷惑という言葉がぴったり。そのくらい察してよ。

鈍感なのよね。あ～あ、空気読めない人ばかりで始末に悪い。

と思っていたらその思いは、すぐに周囲に伝わったらしく、最悪。

私もうかつだったけど、がらっと裏返って、今度は余所者扱いだもの。

いえ、裏返ったんじゃなく、こっちが本当の姿なんだから表返ったのね。

どっちにしろ田舎者はべったりと入り浸るか、それとも村八分《むらはちぶ》っぽくなるかの両極端よね。人間の適切な間合いが計れないのよ。

しゃにむに働いてきたけど、これ以上は無理。

――田舎者はいや、もう堪忍《かんにん》できない――

へたりそうだった。

文弥は明るくなったが、志穂は日増しにいらいらして暗くなった。

志穂は、思い余って印崎に助けを求めた。

文弥だって印崎になにかの薫陶《くんとう》を受けて明るくなったのだ。きっと役立つはずだ。それになつかしい東京弁も聞きたいと思った。

非番の日、志穂は遺跡作業をしていた印崎と向かい合った。見渡す限り、他の人は見当たらなかった。暑くも寒くもなく、気持ちのいいピクニック日和《びより》である。

――田舎のよさは、マジこれだけよね――

グレープは気持ちよさそうに四、五メートル離れたところに寝そべっているけど、私にあまり懐《なつ》こうとはしないのは何故だろう。まあ犬はそんなに好きじゃないからいいけど。

印崎は、草原に直接座りながらじっと志穂の話を聞いていた。

タオルで顔を拭い、ときどきあらぬ方《かた》を向き、帽子の庇の下から視線を宙に止める。
なにかを考えているようでもあり、聞き流しているふうにも見えたが、話してい
るうちに次第に志穂の感情が昂《たかぶ》って、うとましい現実を投げやりにぜんぶ、ぶちま
けた。
「一番の問題は経済的な不安です。こんなことを言うのもなんですけど、この歳に
なって、財産と呼べるものはなに一つありませんもの。結局、つくづく感じるの
は、女の幸せは結婚相手しだいってことです。当たり籤《くじ》を引き損ねたのは私の責任
ですけどね。これはもう取り返しのつかない大失敗」
印崎は無言だったが、答えあぐねてる様子でもなかった。
「いえ、贅沢を言ってるんじゃありません。私はせめて歳相応の財産をと思ってい
るだけですよ。なにかこうもっと収入の上がる方法を教えてくださいな」
「そうですねえ、はっきり言いますとね」
印崎は指先で草をむしった。
「そう思っている人は、仮に人並みになったとしても、次々と同じ不満が湧き上が
ってきて、相変わらず愚痴を口にしているということなんです」
「そうでしょうか」

こんなときに愛想《あいそ》を言える性質ではないので、きっと睨み返した。

印崎は、ゆるりと流す。

「上を見れば限りがありません。車を持てば、もっといいのが欲しい、用途に応じて数台欲しいと思うものです。家を手に入れれば入れたで、もっと便利な場所がよかった、無理してでも大きな家にすれば……間取りもこれがいい……そして別荘も、次、次となります。どこまで行っても折り合いがつかないのです」

「せめて二千万円くらいの預金があれば折り合えます」

「今は、たぶんね。ところが、いざ二千万を手にすると、すぐ少ないと感じるはずです。最低三千万はと」

「……」

「目標は、一時期の通過点。クリアーすると、すぐさま次の目標を設定します。要するに際限がない」

「それはそれでいいのじゃありません？　だって目標達成とはそういうものじゃないかしら」

「ええ、そういう意味では、そうでしょう。ただ問題としては常にハングリー状態、つまり心は飢餓ですね。飢餓というのは不満を抱えているということです」

「そりゃそうです」

「不満はストレスですからノイローゼや癌《がん》の一番の原因のみならず、周囲に不満を撒《ま》き散らす元になります。他人が敬遠するのは、こういうタイプ、つまり不満人間なのですよ」

どきりとした。まさに自分のことである。

「今を満足し、現状が常に最高だと思えない人に、〝最高〟ということはありえないのですが、分かりますか？」

志穂は小首を傾《かし》げた。理解できなかった。

「いつか〝最高〟を手にしてみせる。人間はそう思って行動します。しかし仮にそのハードルをクリアーしても、それは次の最高までの通過点ですから、最高ポイントは次々と無限に上がってゆくことになり、したがって最高は存在しないのです」

印崎が、手で草を弄《もてあそ》びながらしゃべった。

「なにをやっても満足することがなく、〝最高〟という幻を追いかけて一生を終えるだけです」

志穂はふと、死ぬまで青い鳥を追いかける自分を想像した。

「回し車の中のハツカネズミは、ひたすら走り続けます。いくら走っても終わりはありません。そして晩年、はっと気付く。ああ、ずっと〝最高〟だったのだとね」

「……」

「過去でも未来でもありません。今です。志穂さん、この瞬間、瞬間がすばらしく輝いているんですよ」

印崎は囁《ささや》くように言った。

「若い時のことを思い出してみてください。文弥さんと二人でいれば、他になにもいらなかった時代があったでしょう？　財産など必要でしたか？　なにもなくとも最高だったはずです」

そう言われて複雑な気持ちがした。そう言えば、短かったけど、そういう時期があったのだ。

考えなくても鮮やかに覚えている。

あれはずっと若い時にかかる熱病みたいなものだったのだと思っているのだけれど、実際なにもいらなかった。

だとすれば、満足も不満足も物質いかんではなく、たしかに人間の気持ちいかんということになる。

しかしそうそう熱病にはかからない。ましてこの歳になっては。

志穂は半分受け入れ、半分受け入れなかった。

ふと草原に涼やかな風が吹いた。

久しぶりに耳にする印崎の東京弁はいい。それに気持ちが休まる。やっぱり都会の人は同類だから安心するのだろうか。

「志穂さん、どうして周囲の人たちがお嫌いなんですか？」

「どうしてって、はっきり言いますと田舎者だからですよ」

「なるほど、でも田舎者だとどうして嫌なのでしょう」

「えっ？」

しばし考えてから答えた。

「そうねえ、鈍感だからかしら」

「カリカリした相手が好きですか？」

「程度問題ですけど」

「僕などは、むしろ少しぼんやりしている人のほうが一緒にいて楽ですがね」

「会話のキャッチボールができる程度ならいいかもしれないけど、この辺の人は……」

思い切って本音をしゃべった。

「つまり私って教養のない人は好きじゃありません。まあこんなこと言っちゃなんですけど、周囲は高卒やら中卒ですから」

印崎はなに食わぬ顔で、こう訊いた。

「東京の人とは、反《そ》りが合いました？」

「ええ、まあ……ここよりはましです」

「ましということは、東京でも理想的な交流というわけではなかった？」

「対人関係でうまくいくって、そうそう多くないんじゃないかしら」

印崎は、機嫌よく志穂を観た。

「ご自分が、あまり好きじゃないようですね」

志穂はたちまち不快になって、なにを言い出すのかという目で抗議した。

「ご自分が嫌いな人は、他人が嫌いになるものなんです」

「印崎さん。今は私の問題じゃありません。他の人のことを話しているんですよ」

「おっしゃる通りです。そして他人の問題は自分の問題でもありましてね」

「……」

「志穂さんはたぶん根っこの、自分でも気が付かない深い部分に劣等感を抱えているようです」

口調は穏やかだったが、志穂の心境は騒がしかった。突かれたくないところを突かれたように、痛みある衝撃が走ったのだ。

「もっと言いますね。ご自分の教養に恥じています」

「そんなあ」

「無教養な自分が嫌いで、できるかぎり覆い隠しておきたい。つまり、その思いは暴露されることへの恐れにつながっているのです」

志穂が目を瞠《みは》った。

「無教養を思わせる人間が周囲にいると、せっかく隠している陰の無教養な自分を見せつけられるようで、とてつもなく嫌悪するのです」

ぐさりときた。今度は痛いとか痛くないではなく、急所を虫ピンで突かれた蝶のように動けなかった。

この人は、ほんとうに嫌なところを突いてくる。

「おそらく志穂さんと同じようにてきぱき仕事をする人がいても、嫌いなはずです。なによ、ちょっと仕事できるかと思って、いい気にならないでよ、とね。これは別に特別な心理ではありません。ごく一般的な心の動きです。周囲を差し置いて、てきぱき仕事をする自分に後ろめたさがあって納得していないからです」

目だけが泳ぎ、切り返す言葉が見つからない。印崎はさらに続けた。

「志穂さんは自分と折り合っていませんね。嫌な自分を相手の中に見ると、だれでもが目を背《そむ》けたくなります。それが人情です」

たとえば、パーティ会場に憧れのスターがいたとする。

話しかけたいのだが、近づく勇気がない。どうしようかともじもじしながら遠慮していると、そんなあなたを尻目に、図々しくも目の色を変えた別のファンが横から来てさっさと話しかける。スターはスターで、にこやかに応じる。

　ここでカッとくる。なんだこの女は、と思う。

「こっちが控えめにしていたのに、よりにもよって下品な女が私の憧れのスターに、なんてことするの！と」

　こんな状況なら、だれだって憎悪の塊をそのファンにぶつけてやりたくなるのは普通だ、と語った。

「なぜなら、その女性に自分を見るからです」

「どういうことですか？」

　無愛想に訊いた。

「志穂さんは、話しかけたい自分を自制していますよね」

　志穂が頷く。

「相手は憧れのスター、下品だからそんなことはしたくない。図々しくて下品な自分は嫌いなのです。だから我慢している。せっかく我慢しているのにその図々しくも下品を堂々とやってしまう人間が、目の前に登場する。その人は嫌な自分の分身なのです。だから憎悪は数倍に膨れ上がるというのがカラクリです」

　ややこしいが、一理も二理もあると思った。

「もし、図々しくて下品な自分が嫌いではなく、あべこべに大好きなら、心理は、まったく逆のものになります」

「どうなるんですか？」

「あら、あの人も話したかったんだわ。私とおなじ仲間、と好感を持ちます」

分かったけれど、当たっているだけに癪に障っていたので急には頷けなかった。

「志穂さん」

タオルで首の後ろを拭きながらしゃべった。

「困難があるから幸福がある、というのを御存知ですか？」

「……」

志穂は薄い眉根を寄せた。

「喉の渇きがなければ、水の美味《おい》しさが分かりません。暗闇がなければ、光という意味が分からないでしょう？　寒さを感じなければ、温もりも理解できない。憎しみを知らなければ、愛は味わえないものです。困難や試練があってこそ、幸福は味わい深くなります」

帽子を正すと、しみじみと続けた。

「志穂さんは、これまでたくさん苦労をなさってきました。一生懸命生き抜き、辛かったと思います。であれば、その分、これからはたくさんの幸せを感じるはずですよ」

その言葉に、うるっとした。

「人はみなスタートラインが違います。環境も資質も全員異なる。いろいろな人がいて成り立っているのが世の中です。だからこそ楽しい。都会の人、田舎の人、その違いを楽しんでみてください。君は君、僕は僕、されど仲良し。せっかくの人生ですからね。いいですか、秘訣は違いを楽しむこと。そして今を楽しむことです」

印崎が微笑んだ。

「品とは、相手を思いやれる人のこと、教養とは自分をよく知っていることではないでしょうか？」

手の込んだ話ではなかった。

青空の下で時間にしておよそ一時間半。たったそれだけだったが、志穂の胸は晴れ晴れとしていた。

〈違いを楽しみ、今を楽しむ〉

今まで肝心な点を見落としていたのかもしれない。

文弥も、こうして違う気持ちになったのだと思った。

快いほてりが身体にあって、帰りの風景が明るかった。

世界はいつもとちっとも変わりないのに、自分が少し変わったように思った。

音信不通

文弥は、家の空気がさらに軽くなったのを感じた。

志穂も丸くなって、夫婦の距離は縮まっている。

出来損ないの自分を認め、出来損ないでいいのだと自分を受容してみる。難しいことのように思っていたが、いったんやってみればいとも簡単なことで、今までなぜ思いつかなかったのか、むしろ不思議だった。

むろん油断はできない。

経済的にはだれがなんと言おうと逼迫《ひっぱく》しているし、余裕などない。だが、家庭は長閑《のどか》で機嫌がよかった。

休日はなにかしたくなって、猫の額くらいではあるけれど、陽炎《かげろう》立つ小さな庭にしゃがみ込んで、自分で野菜を植えてみた。

家族に、無農薬の瑞々《みずみず》しい野菜を食べさせてあげたいと思ったのだ。

指先に伝わる土の感触。

さほど格調高くはないけれど、なんだか日々がうきうきしていて、なぜこうも以前と違うのか、やはり神秘的でさえあった。

むろん、うれしいことには違いなかったが、しかし親としては良くなったら良くなったで子供の急激な変化が気になった。

勝手なものだとは思う。不登校がおさまり、それどころか嬉々《きき》として通うようになると、それはそれでまた心配になってくるのだ。

――本当に大丈夫なのかな？――

良くなったのならそれでいいではないか、と人は思うだろう。だが、やはり気になる。取り越し苦労から逃れられない性分かもしれなかった。

さり気なく探りを入れた。

すると帰りがけに印崎と海辺で会って、グレープと遊んでいるらしかった。

それにコトニも加わっている。おかげで二人とも仲はすこぶる理想的だ。

しかし手放しで喜んでいいのだろうか？　自分が心配性なのは分かっている。だがこんな平和がいつまでも続くとは思えないのだ。

印崎が子供たちと会うのは毎日ではないにしろ、根っからの子供好きでもないかぎり、そろそろ負担になるころではないだろうか。

始めがあれば終わりもある。そうなったときの子供の反応が気になった。

それさえ除《のぞ》けば、まあそこそこ快調な日々を保っていた。

が、いっぺんにひっくり返ったのは少し前のことだった。

志穂を怒らせてしまったのである。

仕事での愚痴をこぼすものだから、それは自分が招いたことだろうと口を滑らせ、言い争いが勃発した。

以前のような辛辣《しんらつ》さはなかったものの、彼女の口から、これまでの我慢が堰《せき》を切ったようにあふれ出た。

僕がまだ変わっていないとすすり泣くし、そうなるともう処置なしで、これまでの努力が御破算《ごはさん》になったような喪失感に襲われた。

それから志穂は居間のソファで眠った。

感じたのは二人の間に横たわっている、どうしても越えられない深い溝だった。

今朝五時に目覚めてから、ベッドの中で頭が痺《しび》れるほど考えた。

明け方の薄い光がカーテンの隙間から差し込んでいる。

おもむろに起き上がってベッドの縁に座り、身じろぎもせずに思いを巡らせる。

愛を贈るのはたしかに効果がある。相手の気持ちは和らぐし、こっちだって優しくなれる。それは分かる。美しいし、異議はない。

だが持続させるのは難しい。そしてこう考える。

――見返りのない愛だと? なんで僕だけが贈らなきゃならんのだ?――

これではギブ&ギブ、アンフェアではないか。いったん胸の中でこじれるともうだめだった。

このところずっと贈りっぱなしだから、今度は相手が愛を贈る番だと思う。

この気持ちは自分だけじゃない。志穂の方もそう感じているはずだ。

あいつも印崎のセラピーを受けた端《はし》くれとして、無償の愛のなんたるかくらい知っているはずだ。そんなことは百も承知で、それでもなおこっちを無視しているのだから、実に腹立たしい。

こうなると過去を水に流し、現在を賞賛し、未来を応援するどころではない。オセロ・ゲームのように次々とひっくり返って、過去を蒸し返し、現在をけなし、未来を呪うのだ。

これは印崎の教えとは真逆《まぎやく》だが、人間の心理というのは実に分かりやすく、こうなると志穂の佇《たたず》まいからなにまで、ぜんぶ嫌になってしまうのだからしょうがない。元の木阿弥《もくあみ》である。

この間テレビを観ながら飯を掻《か》き込んでいる志穂の姿をちらりと垣間見たが、虫酸《むしず》が走った。

大口でがつがつと飯を頬張る。男を凌駕《りようが》する食欲は下品の一言だ。

だぶつく脂肪、弛緩しきった横顔、あれでは関取だ。それに勘弁ならないのは、横柄《おうへい》さである。

――愛を贈るだと？　めっそうもない――

好き嫌いは生理的なものだ。それなりの条件というものがある。傲慢《ごうまん》に意地を通す許しがたい女に、そんな気になれるものか。

せっかく子供が立ち直ったというのに、どうしたらいいのだ？

何か工夫はないだろうか。

印崎に一役買ってもらおうとしたが、また携帯電話がつながらなかった。メッセージを留守電に残した。


さらに数日、音沙汰は途絶えたままだった。

二度目の雲隠れ、どうにもよく分からない。

こうなるといらぬ不安が不眠症を誘発した。もんもんとした思いが善悪に分かれ、悪い方が膨らみ始める。

印崎の佇まいは思索者《しさくしゃ》のようだし、言うことも揺るぎない。

印崎が成してくれた数々には賛美の念はあるものの、どこか影の部分を引きずっているようでもある。

そういえばと思った。勘だが、押し殺したような強さには、秘密に埋もれた過去が見え隠れしているようで不気味さが漂っている。

──何者なのだ?──

日増しに疑念がつのった。

そもそも印崎の言葉のアクセントはこの辺のものではない。あきらかに東京だ。するといと彼もまた、問題を抱えてこの街にやってきたという可能性は低くない。

いや、ひょっとして、我が家はとんでもない思い違いをしているのではないだろうか。想像もつかない大詐欺師かもしれないのだ。

緊張で顔が引き締まった。

印崎の正体を突き止めたい衝動にかられた。相手が鍵を閉めるなら、そのドアをこじ開けて正体を見届けたいという思いが胸を満たしている。

しかしこれだけ世話になっていながら、それは悪趣味というものではなかろうか、という思いも一方にはある。

文弥は、ベッドに腰掛けたまま随分迷った。

だが印崎が深く家族に関わっている以上、それは許される行為だろうという考えが勝った。

知らない方がよかった、という結果に終わるかもしれないが、それはそれでいいではないか。真実が知りたい。すっきりさせる。突き止めるべきだ。

文弥はベッドの上で、興奮気味に腕を組んだ。

人間は、外部を遮断したいときにだけ電源をオフにする。

――オフにする理由は……――

と想像をめぐらせた。

追っ手やストーカーからの逃亡？

ありえない。

そんな人間が、お天道様の下でのんびりと遺跡発掘を楽しめるはずがないし、あの格調高い余裕は追い詰められている人のものではない。

文弥は首筋をもみながら、他の理由を手繰《たぐ》った。

相川家がわずらわしくなったというのはどうだろう。一見、寛容な人格者に見えるが、実はそうではなく、急に面倒になって匙《さじ》を投げたということは？

うじうじと考えたが、どれもこれもしっくりこなかった。

やはり電波圏外に身を置いている、という推測の方が妥当のようだった。

携帯電話にもよるが、ちょっと山の中に入れば圏外エリアがある。もし印崎の住まいがそういった山間《やまあい》にあるなら、つながらないのも道理だ。

しかし長期にわたっての不通をどう考えたらいいのだろう。いくらなんでも籠《こ》も

り放しはないはずで、時折は下に降りて来てもよさそうである。そのとき留守電に気付く。どうにも解《げ》せない。

――うん？――

文弥は腕をほどいた。

突然死……いやいやそれを考えるなら、入院ということも否定できない。病院ならおおむね携帯電話は禁止されている。

翌日、行動を開始した。

得意先回りで外に出たついでに、卓から聞いた例の北黄金貝塚に足を向けた。遺跡発掘現場というから、さぞ雑然としたところだろうと思っていたのだが、予想と違った。

古くささはまったくない。

緑に覆われたなだらかな丘は以前、一度だけ行ったことのあるイギリスの郊外より美しかったし、秋を含んだ青空も申し分なかった。

その開けた風景に、人影は丘の上と下に数人ずつかたまっていた。

むろん印崎本人がいればそれにこしたことはないのだが、そんな期待はない。目的は聞き込みである。

さっそく収穫があった。

発掘で時々一緒になるという年寄りをつかまえたのだ。

話によると、印崎は過去にもなんの前触れもなく姿を現わさなくなるときがあったという。また別の人は、これまでもそういったことが数回あり、その時は一月《ひとつき》くらい姿を見かけなかったとしゃべった。

しかしだれも印崎に頓着《とんちゃく》する人はおらず、そのうち戻ってくるべさ、といたって呑気《のんき》なスタンスである。

間延びした物言いに接すると、こっちも釣られて寛《くつろ》いでしまいそうになるが、よく考えてみると重大な発言だ。

すなわち印崎本人が雲隠れの理由を周囲に口にしないということであって、これはきっと聞かれたくない訳有《わけあ》りの事情があるに違いないのだ。

探偵気分でさらに当たった。

それとなく経歴を訊いたが、これについてはだれもが首を振るばかりだった。

とりわけ親しい友人もおらず、したがって彼のプライバシーはだれの目にも触れることはないようだった。

印崎の家がどこにあるのかなど、探るべくもなかった。

ただ評判はすこぶるよく、博識で温厚な紳士というのがおおかたの印象だった。

たった一人だけ、よく言わない年輩の男がいた。

「あの人はね、物腰は柔らかいけんど地元の連中なんて、てんで相手にしないんだわ。住んでる世界が違うんだってば。あったら派手な車、どんだけ高いか知ってっか？」

車には疎《うと》い方だが、たしかにこの土地には似合わない豪華な外車だ。たしかポルシェ・カイエンとかいったはずで、それくらいは文弥でも察しがつく。

「その辺の家なら、ぽんと買えちまうくらいだべさ。北海道ではまんず見かけねえ車だ。家だってすごいって、もっぱらの評判だし」

「えっ、住まいを見た人いるんですか？」

「どうだかね。丘の方だって話だけんど、なまら秘密主義だからね。いったいそこでなにやってんだか。大金を運んできたとか、おおかたまともな話でないっさ。あ、あ、おっかねえ」

と眉をひそめ、はっとした顔で相川を見た。

「あんた、どういう関係だ？」

相手の視線が文弥を舐め回した。

「知り合いです」

と言うと、男はかかわり合いになりたくないと言って、突然丸い背中を向け、全身で拒絶した。

気持ちは分からないでもなかった。

文弥も、ときどき印崎のちょっとした動作に得体の知れないものを感じるときがあり、それは並大抵のものではなかった。

あの迫力はどこから来るものなのか？

自分のような甘っちょろい生活を送ってきた人間とは、まったく格の違いを感じた。

だからといって違法なことをして身を立ててきたというのでもない。どう言ったらいいのだろう、夢中でなにかを成した男の、その後にくる虚脱感のようなものがあって、その無欲さが底知れぬ凄《すご》みを醸《かも》し出しているといった案配だ。

しかし胸襟《きょうきん》を開いてくれておらず、心はぬかるんだままだ。

貝塚を後にした。

十月半ばだった。

伊達はすっぽりと色付いた秋の中にあった。地平線の彼方まで黄と紅に埋めつくされ、風景が哀愁に染まっている。

どこからともなく、あの忘れがたき秋の香りが漂ってきて、ふとめくるめく幼い頃の思い出が甦《よみがえ》った。

秋もまた短いはずだ。

コートの襟を立てて歩いていると、どこからともなくハーモニカの懐かしい旋律が聞こえてきた。

秋の夕陽に照る山紅葉
濃いも薄いも数ある中に
松をいろどる楓《かえで》や蔦《つた》は
山の麓《ふもと》の裾《すそ》模様

渓《たに》の流れに散り浮く紅葉
波にゆられて離れて寄って
赤や黄色の色さまざまに
水の上にも織る錦《にしき》

何の前触れもなく、印崎から電話があった。
「留守電を聞きました」

「恋里《こり》」

戸を開けると女が振り返った。

歳のころは三十、いや四十歳代だろうか髪をきりりと上げている。涼しい目と綺麗な顎のラインが特徴的で、ここの女将だということはすぐに分かった。グレイの着物が小粋だった。

文弥は自分の名を告げた。

「お待ちしておりました」

にこりと微笑んだかと思うと小首を傾げ、ちょっぴり膝で沈んだ。感じのいい会釈である。

「先生はまだお見えになっておりませんが、どうぞ」

先生という物言いに引っかかった。

後ろの襟足が、白くほっそりしている。

女将の後につづいて階段を踏み鳴らしながら想像力を働かせる。丁重に通されたのは二階だった。

「印崎さんは、なにかの先生なんですか？」

女将の足が困ったように立ち止まり、また元の歩調に戻った。

「私もよく知らないんですよ」

繕《つくろ》うように言った。

「最初にお見えになったときから、もう誰かが先生とお呼びになっておりましたから、そのまま先生と……」

――先生と呼ばれる身分……――

文弥はまた想像を巡らせた。

――どこかの学校の教員だったかな？――

ほっそりした指が引き戸にかかる。開けると中からぷーんと白檀《びやくだん》が香った。

部屋は、広くも狭くもなかった。ほっとする広さだ。

天井のほぼ中央から垂れ下がった照明は、丸いオレンジ色の光の暈《かさ》を重厚なテーブルに落としていた。

黒光りのする板の間、座椅子が二つ向かい合っている。炬燵《こたつ》が掘られていた。

赤を基調とした女が描かれている一点の絵画。その絵が漆喰《しつくい》の白壁を飾っている。ロートレック調だ。

印象的でセンスがいい。和風古民家というより、遊び心があるスペインやポルトガルのモダンな居酒屋という雰囲気である。

座る位置に迷った。上座と下座が曖昧に作られているので、どっちに座ればいいのかぼんやり考えていると、女将はうちは全部が上座ですよと笑った。

「先生のご趣味です。先生は人に上下はないとおっしゃって」

「えっ、ここの設計は印崎さんが？」

女将はまた曖昧に微笑み、嫌いなものはないかと訊いた。はぐらかされたような気になったが、なんでも平気だと答えると、いったん引き下がってすぐにビールを運んできた。

「お一つ、どうぞ」

女将が床に膝を突いて言った。印崎を待ちたいと辞退すると、先にはじめてもらって欲しいむねを託《ことづ》かっていると応じた。

ビールを注ぎ終えた女将は、軽く片手を床に触れ、ごゆっくりと言いながら頭を下げる。

流れるような所作《しょさ》だ。立ち居振る舞いが垢抜けていて、えも言われぬ色気があった。

――本格的だな――

東京弁だし、神楽坂《かぐらざか》か新橋仕込みかなと思う。

閉まった引き戸に女将の透明な残像が漂った。白檀の香りとは若干違うほのかな香水が、文弥にときめきをもたらしていた。

ああいう人が一生の伴侶だったらなあ、と考えた。そう思うだけで息苦しくなるほど胸が高まり、ビールを一気に呑んだ。

――俗物だな――

久しぶりのときめきに、ぺろっと舌を出して自分のくだらなさをつまみ出した。

二杯目のビールを自分で注いでいるときだった。下がざわつき、階段を踏む音が寄せてきて戸が音もなく開いた。

「お元気でしたか」

印崎である。握手をしてから、テーブルの反対側に腰を下ろした。

ここを設計したのなら主《あるじ》のように振る舞ってもよさそうだが、そうではない。普通だ。普通なのだが、やはり自然体のゆっくりした動作には相変わらず貫禄が漂っている。

あれも言おう、これも言おうと思ってきた。しかし、いざとなると気後れがした。

上着を脱いだ印崎は、また少しやつれたようだった。心なしか目の周りに疲労が現われ、どことなく生彩に欠けていた。お疲れなのかもしれない。

文弥が注ごうとするのを制して、印崎は手酌でやった。

「では、いただきましょう」

グラスを掲げ、口をつける。

「北国で呑むビールは格別で、これは空気のせいだと睨んでいるのですがね」

一口呑んでから続けた。

「さてと……ここ自慢の魚介は、すぐ前の海から獲ったものばかり」

と言いながら、下に聞こえるように手を叩いた。

「印崎さんは、この部屋を設計したんですか？」

「えっ」

「でも女将が……」

「おや、そうですか……」

腑《ふ》に落ちない顔で続けた。

「それならたぶん、こんな部屋で呑みたいなあと、理想を語った件かもしれませんね」

「なんだ、僕はまたてっきり設計の先生かと」

文弥は、印崎の美意識を推《お》し量《はか》りながらぐるりと内装を見る。

「以前からの知り合いですか？」

「女将さんと？」

印崎は笑いながら、友人の友人だと語った。

二人の仲を勘ぐったが、違う疑いも頭をもたげていた。別世界につながっている。そんな疑惑だ。根拠はなにもないが、それは単純でない世界で、まだ彼はそれにかかわっているような感覚だ。

長々と姿を消すのは、骨の折れる仕事だからではないか。

良くも悪くも、顔色一つ変えずに陰で大仕事をこなしている人のようだった。ノックで、想像が中途半端なままに消えた。女将が入ってきた。

印崎と目が合うと、女将の顔がわずかに明るくなった。その瞬間を文弥は見逃さなかった。

目に狂いがなければ、女将には逡巡《しゅんじゅん》しつつも通わせたいものがある。

女将は自分の気持ちを洗い流すように、黙って氷に満たされた容器を置いた。中には涼しげなガラスの銚子が突っ込んである。黙って持ってきたところをみると、印崎は自分の酒を置いているのだ。

「お飲み物はいかがいたしましょう」

文弥に訊いた。

「はあ、なんでも結構です」

「よかったら」

印崎が口を挟んだ。

「いっしょにいかがです？　北海道産の生酒ですがね。少々ハメをはずしても、目覚めが爽やかなやつですよ」

ぷりっとした生きのいい刺身と野菜のマリネがテーブルに並んだ。

伊達は高級野菜の産地でもある。自然で嫌味のない皿にさっそく手を伸ばした。雰囲気のいいインテリアと美人女将、そして上等な割烹と絶妙な酒。

冴えないサラリーマンだった文弥にとっては幻を見ているような心持ちだったが、さっきから居心地はあまりよろしくない。

勘定が気になっていたのだ。東京ならさしずめ一人二万円だ。いくら田舎とはいえ、ここだってその半分はするのではないだろうか。

割り勘でもきつい金額なのに、今回は相談のために誘ったのは文弥の方である。常識的にいって、勘定はこっち持ちであろう。むろん喜んで払いたいのだが、なにせ余裕がない。

そう思う気持ちの下に、淡い期待もあった。

前回の喫茶店は、文弥から誘ったにもかかわらず印崎が気前よく支払っている。

知れた金額だったが、今回だって年上の貫禄を見せてくれるかもしれない。馴染みの店だし……などと、せこく考えているときだった。

「お話があるんでしょう?」

と、テーブル越しに声がかかった。

「どうぞ、ざっくばらんに」

とっさだったので、頭が散らかって口ごもった。

「ゆっくりやりましょう」

文弥は言われるままに、マリネをがつがつと口に運んだ。噛んでいるうちに最初の質問を思い出した。

「息子の不登校が治った原因です」

座り直した。

「卓の不登校は筋金入りで……それがあっという間に立ち直った。今では学校が楽しくてしかたがないといった案配でして……あまりにも話が上手く運び過ぎていて、なんだか狐につままれたというか、怖いような気もするんです」

一気に話す。

「これも息子が印崎さんと巡り合ったことがきっかけだと思いますが、いったい何がどうなってそうなったのか? 親として知っておけば、今後の役に立つのではないかと……」

印崎は、冷酒をやりながら答えた。

「卓君の心の問題は、最初の出会いですぐに気づきましてね」

特別なことはしていない。ただ素顔の卓君を受け入れただけなのだと語った。

大人でも子供でも、相手の心を開くためには一緒にいて時を過ごすことだ。やってはいけないことは説教口調で話すこと。上からの目線はいけない。

相手のしたいようにさせ、存分に言わせる。もちろん話したくないようだったら、根気強くそれに付き合う。

「要するに、卓君を徹底して受けとめてあげることが肝心でした。無修整の卓君をね」

「では、卓はずっと僕らに受け入れられてないと思っていたんですか？」

「そういうことになります」

「どうしてだろう」

文弥は首を捻《ひね》った。

「僕は殴ったことも怒鳴ったこともない。それどころか気を使っていました。それなのに受け入れられてないなんて」

不満げに言ったが、はたと気づいた。

「卓は甘えてるんじゃないでしょうか。やることもやらないで、自分を認めろなんて」

「甘えと言えば甘えです。しかし人は、だれでも条件なしの自分を認めて欲しいと願うものなのです。気にかけて欲しい、素顔の自分をもてなして欲しいとね。それが積もり積もると、無理にでも振り向かせるという行動に出る」

手っ取り早い方法が反抗だ。

これでもか、これでもかと波風立てて親を煩《わずら》わせる。どうあってもこっちを振り向かせ、存在をアピールしたいのだ。

「暴走族、万引き、イジメ……先日秋葉原の通り魔事件がありましたが、あれなども根は同じです。彼らは自分で舞台を造り、騒がしく躍り上がって大見得《みえ》を切ったわけです。僕はここにいるんだぞとね」

「それって我がままでしょう？　世間には、そんな我がままな連中はたくさんいますよ。そんなやつに、こっちが合わせるんですか？」

文弥は、何故そんな馬鹿に付き合わなくてはいけないのか、という顔をした。

「ガツンとやってやればいいじゃないですか。だいたい最近の大人はだらしないんですよ」

自分のことは棚に上げて言った。

「治したいと思うなら、それはどうでしょうか？　卓君を救いたかったんじゃありませんか？」

「……」

「相手は心を患《わずら》っている。だれだって病人には、いたわりの気持ちで接しますね？　病人に、甘えているなんて言いますか？」

「まあそうですが……」

「心の病は、一見健康に見えるから察しづらい。正常な人間には、彼らの瀬戸際の叫びが、甘えにしか聞こえないのです。だからますます頭にきて、甘えるなと厳しく接する。すると相手はさらに凄《すご》みを見せ、最悪の状態に追い込まれてゆくのです」

彼らの助けを求めるサインが読み取れれば、いたわりの心が起きるはずだと言った。

つまり周囲が、心の呻《うめ》きを見分けられるかどうかにかかっている。

そしてたいていの場合、治療薬はいらない。接し方一つで、心の病気のほとんどが治るのだと言った。

文弥は、不思議な顔で印崎を見ていた。

――サイン――

アーチャーも同じ台詞《せりふ》を口にしていた。

アーチャーのは宇宙の彼方から送られてくるサインで、印崎のは人が放つサインだ。中身こそ違うが、なんだか同根のような気がした。

「受容に技術はいりません。必要なのは愛情です。愛情を持って、ただそのままを受け入れる。たとえ少々おかしなことでも、危険がない限り、やりたいようにさせてあげることです。多少外れていても肯定し、むしろ彼を弁護してやること」

腹の底に響く声でしゃべった。

「その点、グレープは実に有効でした」

「グレープが？」

文弥は怪訝な顔で、空《から》のお猪口《ちょこ》を差し出した。すすめられた銚子に無意識に応じたのだが、途中で気付き、慌てて手を引っ込めた。

「あっすみません。僕が注ぎます」

「いやいや、どうぞ」

印崎は手馴れた物腰で銚子をいったん逃がし、それから文弥に注いだ。

「恐縮です」

冷酒が、じんわりと口に広がってゆく。

「グレープがなぜ、卓には有効だったんですか？」

「犬の持つ受容能力です」

犬というのは凶悪犯であろうが、我がままな子供であろうが、鼻つまみ者であろうが相手選ばずだれに対してでも従順だ。差別は一切ない。人の外見や能力にも関係がない。

勉強ができなかろうが、太っちょだろうが、のろまだろうが、けっしてなじらない。打算も駆け引きもなく、ひたすら懐《なつ》く。

それが、自閉症患者などにはたまらないのだと説明した。

「人間の受容力はこれほど完璧じゃありません。心の広い人でも、どこかに好き嫌いがありますから受け入れない部分を持っている。相手はそこを敏感に感じ取るので、その時点でご破算です」

卓はグレープに条件なしで受容され、癒される速度はとても早かったのだと語った。

そういう文弥も、街の歩道でグレープに助けられた口《くち》である。

あのとき、安らかな気持ちになれたのは、犬の持つ驚異的な受容力だったのだ。

人を動かすのは説教でもなければ、銭金《ぜにかね》でもない、愛情なのである。

受容＝無条件の愛

あらためて認識した。

「グレープという名はあの犬の毛の色が葡萄《ぶどう》色だからだけではありません」

「といいますと？」

「葡萄はみな蔓《つる》でつながっています」

「あっ、卓や僕ともつながっている……」

「そう、すべてとね。瘡蓋《かさぶた》を無理に剝がしたら治るどころか、あべこべに悪化します。絶対にしてはいけません。ただつながる。自然に、ゆっくりと、いつの間にか、というのが理想です。グレープは自然そのものなのですよ」

受け入れられて、包まれて、卓の堅い心の封印は静かに解けていったのだ。

「心が開く。これがとても大切です」

印崎が酒を呑んだ。ほんの少しだ。幽玄《ゆうげん》を味わうように目を瞑《つぶ》った。

文弥は人間の、これほど穏やかな顔を見たことがなかった。

「心が開くというのは抗《あらが》う力が脱け、無抵抗状態になるということです。こうなってはじめて卓君の耳に、私の話が届きます。それまでは、どんな立派なことを言っても無駄どころか、反発しか生みません」

印崎は嚙んで含めるように話した。

少しずつ運ばれる料理を頬張っているうちに、ある光景が文弥の胸を満たしはじめた。

――あの時、自分の精神は異常をきたしていた――

志穂の借金が引き金になり、無意識とはいえ包丁騒動にまで発展したのである。警察にしょっぴかれ、がんがんとやられたら、言うように完全に潰れていたかもしれないと思った。印崎に受容され、ぬるま湯に浸《ひた》れたからこうしてすこやかな今があるのだ。

不安を包み隠さず話した。

「この数年、ずっと世の中が味気ないものでした。あの日は特にそうで、今思い出してみても周りが色彩を失い、モノトーンといいますか、ほんとうに色の抜けた世界をさ迷っていたような感じで、気がつくと志穂に突っかかっていた。一度あういうことをしでかすと、またいつ……」

言葉が詰まって酒をあおった。

「自分が怖い？」

「ええ」

「心が壊れる原因は主にストレスですが、軸が二つあるからなのですよ」

「軸が二つ？」

印崎は憂いのある目で深く頷き、〈建前〉と〈本音〉だと言い足した。

人間は、生まれながらにして二つの大きな価値観に支配されているのだとしゃべった。

一つは親の価値観である。

子を心配するあまりの親心も含まれるが、親は現状維持と無難な生活が最良だと思っており、自分の保守的部分だけを繰り返し教えこもうとする。

その教えが子供に宿る。

次に、所属する組織の価値観がある。学生なら仲間内での流行などがそうだ。みんながしている髪型だから自分もしたい、というのは典型だ。

これは日本人に強い感情で、みんなが持っているから自分も持つ、みんながいいというから自分もいい。

ほんとうは違うけど人並み、世間並みが無難だという感覚だ。

学校にも勤め先にも上手く生き抜くための心得がある。時代、時代によって変化こそすれ、男はこうあるべきだとか、女はどうだとか、そんな領域にまでまんぜんと、そして細部にまで心得基準が広がっている。これもまた価値観である。

「人は知らず知らずのうちに、こうした価値観に縛られているのですが、これがいわゆる〈建前〉です」

同意した。

「ところが一方には自分の〈本音〉があります。自分の本心です」

だれもが〈建前〉と〈本音〉という二つの心があって、つまり人間は矛盾の塊なのだと断言した。

分かっちゃいるけどやめられないというのは〈建前〉と〈本音〉のぶつかり合いで、みんな持っている二心《にしん》だが、ただし、二つの距離が、遠ければ遠いほどストレスがきつくなる。

「自分を隠して〈建前〉だけで暮らさざるを得ないのが大人の世界ですが、このストレスは半端じゃありません。偽りの心が人間を蝕《むしば》むのです」

文弥は、くちびるを舐めた。俄《にわか》女を演じていたので分かり過ぎるほど分かった。本音と建前で、死にそうだったのだ。

「すなわち人間は、嘘がつけないように造られています。不思議なことですが、自分への嘘は激しいストレスを生産します。つまり神は、人間を正直者に創造したというのが、私の考えなんですがね」

印崎がにこりと笑った。

嫌いなものは嫌い、好きなものは好き。しかし世間がその本音を許さない。だから自分を偽る。このとき、とてつもない重圧がかかって心が壊れるのだ、ともう一度説明した。

文弥の場合も幾重もの〈建前〉に囲まれ、〈本音〉と衝突し、一時的に心を見失ったけのことで、大したことではないと励ました。

「これから話すことを聞けば、もう後戻りはしません」

印崎は箸を置いて、背筋をしゃんと伸ばした。誠《まこと》を尽《つ》くされているようで、文弥も両手を膝に置いた。

「〈建前〉と〈本音〉はプレッシャーですが、もう一つ見逃せないものがあります」

「……」

「〈理想〉と〈現実〉のギャップです」

まさにその通りだと思った。

金持ちになりたいと思う気持ちと、現実の貧困が絶望を生んでいるのは実感だった。

ものに感じやすい文弥は、救いを求めるような目を向けた。

「こうなりたい、ああなりたいという夢はだれでも持っています。しかしその夢の持ち方に注意しなければなりません。崇高な理想を掲げるのはいいのですが、それを激しく手に入れようと立ち向かうと、たいがい駄目になります」

「それじゃ、そこそこにということですか？」

「私が勧めるやりかたは、やはりすべてをよし、とする方法です」

「すべてをよしとする？」

「上手くいけばいいが、上手くいかなくても、それはそれでまた素晴らしい人生だと」

「上手くいかなくても？」

「ええ、未練を残さないことです」

「失敗してもですか？」

「そうです」

「それって自己欺瞞《ぎまん》じゃないですか？」

「そうかもしれませんね。では訊きますが、失敗とはなんでしょう？」

文弥は、少し考えてから答えた。

「掲げた目標を達成できなかった。これは失敗ですよね」

「ええ、目標達成という短いスパンではね。でも、目先の目標はたいがい人生の真の目標からは外れています。違いますか」

と印崎は猪口を弄びながらしゃべった。

小学生のときは、クラスでトップになることが目標だった。中学になると、県一番の高校を目指し、高校になると今度は一流大学が目標になる。

大学に入ると一流会社への就職。さらに資産家で家柄のいい相手と結婚することが目標として掲げられたりもする。

人間はその時々に細切れに際限なく目標を設定する。

しかし、ほとんどの人が挫折を味わう。とたんに失望、苦難、怨恨をくり返す。

これは、ありふれた通過点を命懸けの目標点だと錯覚するから起こる悲劇なのだと言った。

「歳を重ねれば分かることですが、とても努力をし、一流大学をトップで卒業し、一流会社に勤めたところで心《しん》から幸せな人はそう、ざらにはいません。傍目にそう見えるだけです」

むしろ逆で、エリートであればあるほど不幸に陥る確率が高くなるのだと語った。

なぜかというと、そういう人は常に競争に打ち勝ってきているため、四六時中他人と比較する癖がついているためだ。

他人と較べる。

この較べ癖を心に宿している以上、平安が訪れることは決してない。

あれほど努力をしたのに、あいつの方が出世した。あいつは中卒なのに、金を儲けている。世の中いったいどうなっているのだと、自分を責め、世間を呪う。

そういう人が安心する方法はただ一つ、勝ち続けることだが、むろん不可能である。

そこでどうするか？

常に、自分より劣っている人を探し出すことになる。

――あいつに勝っている……――

こういうタイプの人間は、いつも自分より劣っている人を見つめていなければ不安で不安でしかたがないのだ。

粗《あら》を見つけて安心する。

ところが相手はじっとしていない。けっこう善戦するのが天の定めだ。その都度、はらはらして血圧が上下する。

すなわち、自分の人生なのに、なにごとも相手次第ということになってしまうのである。

幸、不幸の鍵は常に相手に握られていて、主人公であるはずの自分が、人生の脇役になり下がってしまっている。これでは、悠久の安堵《あんど》も永遠の幸福も得られない。

印崎は手酌で酒を満たした。

「文弥さん、人生の勝者とは、どういう人だと思いますか？」

「ええと……」

あたり前すぎる答えを口にした。

「大富豪ですか？」

小学生みたいなことを口走って後悔したが、印崎の顔に嘲笑は浮かばなかった。

「金持ちが決して悪いとは言いませんが、大富豪は不安をたくさん抱えています」

「……」

「前にも言いましたが、おカネを失う不安、おカネを増やせない不安、税金の不安、相続の不安、強盗の不安……たいていの金持ちは大金に溺れてしまっています」

「すると……」

文弥は眉を寄せて訊いた。

「印崎さんの言う人生の勝者とは……」

「今を満足している人です」

思い出した。

〈今を楽しむ〉

「一流大学に入ったとか、金持ちになったとか、そんなことじゃありません。人生の勝者とは『今』を満足している人です。これにはだれもかなわない。地位、財産がなくても、今が最高に幸せだと生き生きしている人物が舞台に登場したら、飛びきりの主役なのです」

「おっしゃることは……分かりますが……」

ここで文弥は考えるように言葉を区切った。少し酔っていたが、なんとか疑問点を整理した。

「でも僕は……やっぱり僕はドジな男です。いつも、もう一歩のところで足元が崩れ落ちる。なにをやっても成功したためしがない……」

情けない顔で訴えた。

「失敗続きの人生だと?」

「ええ、負け犬です」

「失敗したと自分で感じてるくらいですから、大丈夫ですよ」

意味が分からず、ぽかんとした顔で見た。

「そんな顔をしないでください。なぜ人間は失敗したと感知するか、分かりますか?」

「……」

「修正機能があるためです」

「修正?」

「ロボットのジャイロをご存知でしょう」

「はい、倒れそうになると、すぐさまバランスを保つ独楽《こま》ですよね」

印崎はうれしそうに大きく頷く。

「ロボットだけじゃなくロケットの心臓部にも組み込まれています。それと同じバランス・ジャイロが人間にも備わっておりましてね。それが失敗を感知する体内制《せい》御《ぎょ》装置です」

「制御装置……」

「まずいなと思った瞬間に、しょげないであべこべに、危機に応じて精密に作動するわけです。ですから、すごいすごい、と誉めてやることですよ」

奥深い指摘だったが、なるほど言いたいことは理解した。

失敗を失敗だと認識することは正常なのだ。

文弥は考えを次に進めた。

ではそうやって失敗が判明しても、問題はそこから先だ。次のステップ。どう制御すればいいのだろう。ストレートに訊いてみた。

「難しくありません。失敗を紙に書くだけです。そしてそれを肯定してください。失敗した自分でいいんだと」

以前も言われたことだった。

現状を肯定する。

しかしまだしっくりこない。そんな簡単なことで、はたして克服できるのだろうか？

「なんによらず、自分自身の受容が基本中の基本です。間違っている自分を認める。いささかの迷いもあってはいけません。そして、素顔でいいんだと思えば不思議なことに、その瞬間泥沼から抜け出して、自動的にワンランク・アップです。そう例の『弱点肯定ジャンプ・アップの法』」

「無修正になんでも受け入れるなんて、五月五日の吹流しみたいですね」

「いい例えだ。吹流しなんて愉快です」

印崎が声を出して笑った。

「でも印崎さん、なぜ現状認識がランク・アップになるんですかね」

「今話した人間の持つ修正機能です。本能的に作動する仕掛けになっていて、これは人間の持つずば抜けた能力でしてね。失敗した、不完全だと感知するだけで、なにげに修正機能が働きはじめる」

「ほう、なるほど……」

印崎は、すっぴんの現状の認識から制御がはじまる、ということを覚えておいて欲しいと念を押した後、ちょうど木と同じだと付け加えた。

木は真上に伸びる。自分で横に伸びているなと認識しただけで、ある部分の細胞を豪快に増やして自動的に天に向きを変える。これは木に与えられた神秘の力だ。

「口を酸っぱくして言いますが、現状を温かく認識し、肯定することが第一歩です。間違っても自分を飾らないことです」

酔いが回ってきた。

印崎という頼りがいのある男にもっとクダをまき、寄りかかりたいという気持ちが芽生えていたが、ふと外せない質問を思い出した。

――いけない――

この問いを握り締めてここに来たのだ。いわば本日のメインテーマである。

それをしっかり訊くまでは、頭をしゃきっとしておかなければならない。

「あのー……最後にいいですか？」

「ええ」改まった口調になった。

「なんといいますか、自分の感情が持続しないんです」

訴えた。特に妻に対しての感情だ。

過去を水に流し、現在を賞賛し、未来を応援する。いやというほど自分の頭に叩き込んでいるのだが、印崎の教えがもったのは一週間くらいだった。あとは急速に色褪《いろあ》せ、気力が干からびたのだと告白した。

やろうと思っても出来ない。

これは純然たる自分の意思の問題だが、どうしてもできないのだ。できないから成り行きに任せていると、どんどんだめになってゆくのである。

「安心してください。だれでも感情を持続させるのは難しいんですよ」

「へえ、印崎さんでも？」

酔った勢いで、馴れ馴れしい口を利いた。

「同じです」

そう答えると姿勢を正した。

「伺《うかが》いますが、奥さんを愛していますか？」

どきりとした。文弥は思わず視線をそらした。弛緩した志穂の顔が脳裏に漂う。複雑だった。あるとすれば、長年一緒に暮らしたなれの果ての情というやつだろう、親戚みたいなものだ。

むろんときめきなど完全に失せている。それを愛と呼ぶだろうか。

「そうですねえ、恋愛感情はありませんが情といいますか……まあ腐れ縁です」

「愛情はまったく失せている？」

「まったくとは言いませんが」

「パーセンテージにすると？」

斬り込んできた。

「ええと……二〇パーセントくらい、いや一〇パーセントかな……女房なんて、いなくなればせいせいするかもしれないけれど、いざ本当に消えたらどうなんだろうと……」

「これまで、物の見方や考え方を、長々と話してきました」

しみじみとした口調で言った。

「だいたい理解してもらえたと思います。さてと、これからは方法論です」

満ち足りた顔で続ける。いよいよのようである。文弥は座りなおした。

「情は知識より、はるかに勝っているものです」

「はあ……」

文弥は印崎の顔を見た。首根をとんと打ったが、てんで理解できない。

「理論で、喜怒哀楽は造れないということです」

文弥は、同じ台詞を口の中で反芻した。

「いったん頭にくれば、怒るなと言われても収まりませんね。接待の限りを尽くされても、一度刺さった心の棘はそう簡単には抜けません。つまり感情は説得できないということです」

「あっ、なるほど、分かりました」

「さきほど、人間にはもう一人の自分、本音が住んでいると言いましたね」

「感情は、そのもう一人の自分、本音の領域にあります」

本音の自分は、社会性を気にしないので、幼い子供、チャイルドだ。

そこで自分の中の子供、インナー・チャイルドと呼ばれていると説明した。

このインナー・チャイルドが、お宝のように後生大事に抱えているのが本音、感情である。

しかも傷付きやすく、そのくせ欲張りで、怒り、恨み、嫉妬、苦しみ、憎しみ、つまらぬ感情ならなんでも溜めこむ。

インナー・チャイルドのつまらぬ感情が、冷静な判断を狂わせるのだと語った。

「パリは美しい街です。しかし、パリでスリにあったとします。すると、文弥さんはパリが大嫌いになります。二度と足を踏み入れたくなくなり、次回の旅行候補地から外しますね」

「そりゃそうですよ」

文弥は当然だ、とばかりに同意した。

「判断が、感情で曲げられた瞬間です」

「あっ、なるほど……」

「あるいは」

印崎が続けた。

「素晴らしい人物なのに、たった一度不機嫌そうな目つきで睨んだ、というだけで、もう別の境地に達し、自分のブレーンから外してしまったりもします」

インナー・チャイルドのつまらない感情が、冷静な分析を破壊し、判断感覚をおかしくしてしまうのだ。

「そうかあ……由々しき問題ですね」

文弥は、息をひそめるように訊いた。

「では、どうしたらいいのですか？」

「終わらせましょう」

印崎が即答した。

「即効的な方法は一つしかありません。癒してやることです」

「……」

「セルフ・セラピーと言います」

「セルフ・セラピー？」

気持ちが前のめった。

印崎は、猪口をゆっくりと口に運び、ちょうどころあいの間で話した。

「仮に文弥さんが七歳の子供だと想ってください。イジメられて帰ってきた。そのときお母さんが、どうしたの、だれがイジメたの、ごめんね、よしよしもう大丈夫、ほんとうにごめんね、とイジメた本人に成り代わってアヤしてくれたら気分が収まるでしょう？」

「ええ、たしかに……」

「文弥さん自身が、そのお母さんに成り切って、自分を癒します」

落ち着いた口調で語った。

「自分で自分を癒す？」

「ええ、ですからセルフ・セラピーなのです」

印崎は、自分を動かすのは他人ではない、自分の心なのだ。心には力がある。天地を動かすほどの力がある。と姿勢を正した。

これから、とても大切な話をするのだと分かった。

「癒し言葉を、唱えるだけです」

「癒し言葉……」

「またイメージしてください。七歳の自分をです。そのとき、お母さん、お父さん、一番好きな人になんと言って欲しいですか？　満ち足りる癒し言葉を五つ、六つ挙げてください」

文弥は、眼を閉じて想像した。

一番先に浮かんだのは、「いつも見ているよ」というお母さんの台詞だった。

この言葉は、安心する。

それから「ごめんね」とか「許してね」もよかった。

「すごいね、文弥」というのもわくわくするし、「愛している」は、ちょっと照れるが、やっぱり言って欲しい。

それに「ありがとう」と言って頭を撫でられるのも、うれしい。

童心に返って告げると、印崎は笑顔で並べ替えた。

「そうねえ……ごめんなさい、愛しています、すごいですよ文弥、ありがとう、という順番がいいでしょう」

それを唱えなさいと背中を押すように言った。

「声を出してもいいし、出さなくてもいい。とにかく五〇回でも一〇〇回でも積みかさねることです」

それでインナー・チャイルドが癒されるのだと断言した。

「それだけですか？」

狐につままれたような気がした。

「ええ、ためしに、二週間だけやってみてごらんなさい。はつらつとして力強い命の息吹が満ちてくるはずです。周りが違って見えてきます」

「……」

「副作用はないから、試してみて効果を判断するというのはどうですか？」

さらりと言った。

万物は平等で、自由だ。その前提に立って、ごめんなさい、愛しています、すごいですよ、ありがとう、を繰り返し繰り返し唱えるだけだという。

随分簡単な話だ。

いってみれば、この言葉はパソコンの消去キーのようなもので、インナー・チャイルドに添付されている癒し、怒り、恨み、嫉妬、苦しみなどのネガティブ感情を消去する魔法である。

自分の心をあなどってはいけない。あなどれば心に操《あやつ》られ、恐ろしい深淵《しんえん》を見せつけられるし、きわめれば極楽《ごくらく》の境地《きょうち》に通じる。問題は相手ではない。すべては自分の心が癒されエネルギーがたっぷりと溜まっているかどうかにかかっていると語った。

印崎の凄《すご》みある話になった。なまじいな男ではない。

自己暗示とも少し違うようだが、キリスト教の祈りや、仏教のお経に通じるものがあるかもしれないと思った。

考えているうちに「感情は説得できない。だからただ癒してやる」という教えが、なんだか趣深《おもむきぶか》いものに思えて来た。

「セルフ・セラピーだけで、奥さんへの悪い感情は薄れていき、ふさわしい感覚が整ってきます」

「ということは、妻にも子供にも勧めた方がいいですね」

「ええ、それが理想です」

「やって、くれるかなあ」

「一家の主が変われば、家にその空気が漂い、自然と見習うようになるはずですよ」

この人に言われると、たいそうまともに思えるから不思議だ。

そんなものだろうか？ うん、そんなものかもしれない。

と、その時女将が部屋に入ってきた。

新しい酒を持ってきたのだが、やっぱりそれとなく印崎に気を配っているようだった。酔った目で詮索《せんさく》した。

女将はボロを出さず、普通の口調で部屋の温度は快適かと訊いただけだった。

女将は二人に酌をした。

酔っていても旨かった。さんざん呑み食いした挙句、さらに好奇心も満腹にしたい。女将が出てゆくのを待って、酔ったついでに訊いてみた。

「印崎さんは、ときどき消えますよねえ」

「……」

「どこに行っているんですか?」

「雑用を少々」

落ち着きある声が返ってきた。

「へー、雑用ですか……でも携帯、つながりませんでしたよ」

「それは失礼しました」

「随分、遠くに行ってるんですね」

体がぐらりと揺れた。酔ったせいなのだろう、意地の悪い口調になっている。

「言えない所なんですか?」

印崎はそれには答えず、静かな物腰で遠くを見るような目つきをした。

ふとその顔に言い知れぬ哀愁が漂った。時々見せる表情だった。

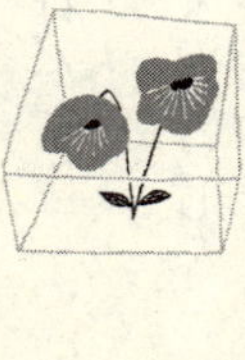

昨夜のことは途中から記憶が途切れていた。会計も覚えていない。むろん文弥が払ったはずはない。
舌打ちし、溜息をつく。
――どうやって借りを返そうか……――
いつものことだが、印崎の話を聞いたあとは、世界は二度と再び前と同じに見えなかった。

〈周りを貶《けな》しても、現《うつつ》を恐れても、すべては旅の途中です。そのままを抱きしめてごらんなさい、幸せはその腕の中にあるのですから〉

別れ際に、たしかそんなことを言ったと思う。

いい台詞が記憶のどこかに残っていた。文弥はその言葉を嚙み締めた。かくありたし、と憧れる唯一の男かもしれないと思った。

往復の電車の中でセルフ・セラピーをスタートした。

手応えはその日にあった。印崎の言ったとおり、四つの言葉に秘めた力が、のさばっていたつまらない感情を薄めてゆくのが分かった。

すごい。こんなことがあるだろうか？　これは使える。セルフ・セラピーの秘訣をビン詰にして売るべきだと思った。

一本のバラを買った。

これもセルフ・セラピーの成果なのか、帰って黙って下駄箱の上に飾った。

志穂の反応は意外にも、あら綺麗ねというものだった。

それから再び印崎の携帯電話は不通になったが、花は欠かさなかった。本数はいつも少量で、いろんな種類の花を運んだ。飾る場所は玄関から居間に移動し、恐る恐るだが志穂に近づいてゆく。花と志穂の距離は、文弥と志穂との距離だった。

文弥はいつしか夫に戻っていた。

印崎の音沙汰は途絶えたままだった。今度は期間が長かった。

卓もコトニも最初のころはさかんに心配していたが、しばらくすると印崎の話題は団欒《だんらん》の場から遠ざかった。

秋が深まり、落ち葉がアスファルトの上でかさかさと音を立てはじめる。手をすり合わせ、シバレますねという挨拶に白い息が伴う。

霜が降りた。頬が冷たい。

やがて初雪がちらつく。

草花はすっかり姿を潜め、静寂《しじま》の中に、星が凍てつくような輝きを増す。

伊達は暖かい、という評判だったが東京人にはこたえた。

家族全員が防寒コートを新調し、はめたことのない手袋を用意した。文弥は厚めのズボン下をはき、もこもこさせながら通勤した。

セルフ・セラピーは、コトニによってセル・セラという愛称になった。かわいい響きだ。

なすべきことはセル・セラしかない。そして解毒作用はたいしたものだった。

クリスマスが過ぎ、新年を迎えた。

朝、いつものように震えながらストーブに火を点《つ》け、さっとカーテンを引く。

文弥は一時息を呑んだ。一面の銀世界。眩しいほどの光の世界だ。

それはあまりにも高潔で、高潔がゆえに近寄りがたい気がした。

文弥はしばし言葉を失い、見惚《みと》れるばかりだったが、子供たちは奇声を上げてドアの外に飛び出した。志穂も童心にかえって子供たちと雪をぶつけ合っている。

屈託のない笑顔、純粋無垢な歓声……それは瀬戸際から生還した家族の夢のような風景だった。

文弥は無意識に歌を口ずさんでいた。

木枯らし途絶えて　冴ゆる空より
地上に降りしく　奇《くす》しき光よ
ものみないこえる　しじまの中に
きらめき揺れつつ　星座はめぐる

ほのぼの明かりて　流るる銀河
オリオン舞い立ち　スバルはさざめく
無窮《むきゅう》をゆびさす　北斗の針と
きらめき揺れつつ　星座はめぐる

〈苦難があってこそ、それに見合った宝がある。空腹を知らなければ満腹の感覚が分からず、暗闇を知らなければ光のことは理解できず、憎しみが分からなければ、愛の温もりは分からない〉

文弥は雪道を歩きながら、印崎が口にした言葉の一つ一つを拾い上げる。そしてセル・セラ。

歩道の脇の車に雪が吹き溜まっていた。車の色だけが印崎のものと同じだった。鮮やかなパープルカラー。

ふと今頃、どうしているのだろうかと思った。むろん忘れるはずもなかった。

見知らぬ訪問者

木々の命が芽吹きはじめ、季節はもう春だった。

地球は滅びに向かっているのか、春の北海道とは思えない記録的な暑さが続いていた。

自分も含め、家族の状態はいい時もあれば悪い時もあるけれど、以前に較べたらとんでもなくすばらしい。

セル・セラのおかげだ。

居間で寛いでいると、ひょっこりと来客があった。

見たこともない男だった。

歳のころは六十五歳前後、几帳面にスーツの三つボタンをきちんとかけた痩身の男である。顎と鼻が細く尖っていた。

弁護士を名乗った。東京から来たという。

文弥の顔が強張った。借金の欠片《かけら》がまだ残っているのかと思ったのだ。

だが倉田と名乗った弁護士は、玄関先でとんでもないことを口にした。

「印崎さんが、お亡くなりになりまして」

啞然としていると、玄関先の異変に気づいたのだろう、志穂が不審気に顔を出した。倉田が、もう一度、印崎の死を告げた。

志穂は驚きのあまり両手で口を押さえたが、文弥もうまく状況がつかめなかった。

「どうして……」

ようやく声を発した。

「どうぞ、おあがりになってください」

「いえ、ここでけっこうです。お二人を印崎さんの家にお連れするようにと。これは遺言ですが、いかがでしょう？」

そう言うと倉田は、眼鏡の奥から二人の顔を交互に見た。白髪を身だしなみよく分けている。

「遺言ですか？」

文弥と志穂は、納得しかねる顔で視線を交わした。

「でも……親戚ではないのですが」

「印崎さんには親族がおりません。むろんこれは希望でございまして、もし、よろしければの話ですが」

印崎は文弥の家族を救った恩人である。断る理由はまるでない。

「はい、すぐに行きます」

卓とコトニには急用だと留守番を頼んだ。

志穂は慌しく仕度をし、文弥もよく分からないままジャケットの袖に腕を通した。

待たせてあったタクシーに乗り込む。今となってはなにを訊いても気の重い話になる。しゃべる気にはなれなかった。

助手席の倉田も黙っている。街を抜けるまで沈黙は続いた。

どこかの橋を渡ると、倉田は前を見つめたまま口を開いた。

「印崎さん、いや印崎とは予備校時代からの友人でしてね」

声はこもっていて少し聞きづらかったが、分からないほどではなかった。

「彼は母親に育てられたんです。兄弟はありません。しかし、その母親も印崎が大学に入ったとたんに倒れましてね。それで天涯孤独に」

「……」

「大学は同じですが私は弁護士の道を選び、やつは医学部に進みました」

「医者だったんですか……」

それで、先生と呼ばれていたのだと得心《とくしん》した。

週に一度は顔を合わせるくらい親しかったという。しかしなにを思ったのか、印崎は大学二年目で、突然アメリカ東部のとある大学に入り直したのだ。

交流はしばらく続いたが、お互い学業に追われて連絡が途絶えた。

再び会ったのは十年後だった。

すでに弁護士になっていた倉田が、ニューヨークで開かれた日米弁護士交流会に出席したときである。メジャーなイベントだったので、それをどこかで耳にした印崎がわざわざ出向いてくれたのだと語った。

現われた三十二歳の印崎の姿に、倉田は驚いた。

カーキ色の軍服に身を包んでいたのだ。アメリカ陸軍の、いわゆる軍医というやつである。

「おまえみたいにまつろわぬやつが、よく軍隊なんぞに入ったなあ」

開口一番、言った。

「そうなんだ。我ながら今でも本当に信じられん。成り行きというやつかな? 見習い期間中に、ひょんなことで兵隊を診《み》るはめになってね。患者はみなベトナム戦争の帰還兵だ。そこからずるずるとこの道に……」

連中は極度の緊張と恐怖、そして罪悪感というやつで、心がずたずたになっていた。俗に言う心的障害者というやつだ。

「心は簡単にやられる。統計をとってみると、宗教を持っていない兵隊ほど心が壊れやすいことが分かった。こいつは、はっきりしたデータに現われている」

「救いの神か……」

「そんなところかもしれん。死は絵空事じゃないからね。前線にいれば死神は駆け足で近づいてくる。恐ろしいほど孤独だ。身近な戦友にすがろうにも、相棒は次々と命を落としてゆく」

「ベトナム戦争は壮絶だったからなあ」

「気がつくと周囲はみんな亡くなり、残っているのは神しかない」

「……」

「神を信じないやつほど、恐怖の底なし沼だ。逃れにくく、頭がいかれやすかった。旧日本軍もそういう結果が出ている」

「……」

「前線に近づけば近づくほど、なにを読むかというと、これが聖書でね」

「日本の兵隊が？」

「そうだ」

「敵国の宗教だぞ」

「不思議だろ？　しかし日本軍による統計調査でも圧倒的に多い」

「聖書なんて、よく旧日本軍が許したな」

「許すも許さないも、前線の上官も同じ心境にかられているからね」

「あっそうか……で、おまえはそういう連中を見て黙っていられなくなったわけだ」

印崎は微笑《ほほえ》むばかりだった。

「義《ぎ》を見てせざるは勇なきなりか……昔から、そういうところあったもんな」

「でもおかげさんで、今の女房と知り合った。同じ職場でね」

「つまり結婚したんだ」

「一人息子がいる。生まれたばかりだ」

「奥さんはアメリカの人か？」

「ああそうだ。いいぞ家庭は」

と言いながら写真を見せた。目の青い白人だった。

「なんていうのかな、女房、子供を見ていると、伴侶を得て子供を育てることが人間、絶対不変の法則だという気がしてしかたがないんだ。ところでおまえの方は？」

印崎が水を向けた。

「いかんな。弁護士事務所に勤めて、すぐやらされたのが離婚訴訟ってやつでね。その時、たっぷり怖い女を見せつけられたせいだろうなあ。いまだに踏み出せない」

倉田が自嘲気味に笑った。

「女の豹変が怖いんだ。公平にみて、手段を選ばんのは男より女の方だな」

「なぜ豹変すると思う？」

まっすぐ目を見て訊いてきた。あきらかに、患者の心理を探ろうとする医者の目だった。

「さあな」

「女性は、男性に依存しがちだからだよ」

「依存？」

「もともとそういう遺伝子をもっていたのか、あるいは長い間、男は女を経済的に自立させなかったせいなのかは知らないが、女性は依存体質だ。それが、ある時点で、この男はだめだと見限る。その瞬間に、人生の舵《かじ》を他にスパッと切って新しい依存相手を探すわけだ。子孫繁栄本能と相俟《あいま》っているから、この切り替えの斬れ味は鋭い。それが、男の目には豹変と映る」

「ふ〜ん、そんなもんかね。でも男は豹変を予測できん。どうしたらいいんだ？」

「一番の方法は、自立を促すというやり方だ。依存度が軽くなるから豹変の落差は縮まる。そう簡単なことじゃないが、そう難しいことでもない」

「精神科医ってのは、気楽なもんだな」

「なぜだい？」

「学者というのは、男女のごたごたを一歩退いた目で客観的に見られるんだなきっ
と。こっちは、金の分捕り合いにまともに巻き込まれるからね。醜いぞ、むき出し
のぶつかり合いは」

印崎は柔らかく笑った。微笑むだけだった。

いつもそうだ。議論を好まず、自分の意見をさりげなく告げ、あとは部屋のどこ
かで穏やかに佇《たたず》んでいる。そんな男だった。

結婚した印崎は幸せの絶頂期にいた。

ところがそれから二年後、突然奥さんを亡くした。

「えっ、亡くしたんですか？」

文弥は、後部座席から思わず身を起こした。

「癌でしてね」

あまりにもあっけなく、最愛の宝物を失ったのだと言った。

後だった。

訃報を聞きつけ、倉田がボルチモアにある印崎の家に駆けつけたのは葬儀の三日後だった。

赤く充血した目は虚《うつ》ろだった。それでも印崎は気丈《きじょう》にふるまい働いていた。自分のクライアントには、もっと悲惨な人たちがいる。この衝撃をどう乗り越えるのか、自分で自分を観察して、今後の治療に役立てたいのだ、と力なく微笑むばかりだった。

ぎりぎりまで、仕事から離れたくなかったのだと思う。離れたら崩れるのは目に見えている。

「人間の感情など」

倉田が励ました。

「そう簡単じゃないだろうさ。仕事など忘れろ。日本に帰って温泉旅行でもしなよ。俺も付き合うから」

「ありがとう。でも僕はここに留まる。正常でいられないことくらい百も承知なんだ」

沈痛な面持ちでしゃべった。

「だが、僕の患者たちにやって見せたいんだ。大切な人を失っても、気持ちが天とつながっていれば、心はいつも穏やかでいられるとね。神が人間に最初にした質問を知っているかい」

「いや」

「あなたは、今どこにいるのか？　だ」

印崎が涙を拭《ぬぐ》った。

「そう、今まさに僕はどこにいるのだろう。悲し過ぎると、場所が分からなくなる」

だからじたばたしない、と言った。

確かなものに拠《よ》って立ち、悲しみに抵抗せず、じっと身をゆだねる。

確かなものとはなんだいと倉田が訊いた。

印崎は神だと答えた。昔ベトナム帰還兵が口にしていた台詞《せりふ》が、今ようやく分かったのだとしゃべった。

弱いとか強いとかの問題じゃない。彼らは神と共に生きなければ、一日たりとももたなかったのだ。今の僕にはそれが分かる。これは貴重な体験だ。

宇宙の意思に寄りそい、そうやって望ましい感情が生み出されるのを待つと語った。

しかし、実際、三歳になったばかりの息子、翔《しょう》を抱く、憔悴《しょうすい》しきった医者の姿は痛々しかった。

印崎は涙ながらに物静かで穏やかな、奥さんのことを語った。聞いて欲しかったのだ。

「翔は、女房そのままだ」

と、印崎が眠っている翔の顔を覗き込みながらしゃべった。

「この子がいる限り、女房が傍にいる。それは嬉しいことでもあり、同時に辛いことだ。翔がいる限り、女房への思いから永遠に逃れられない」

嬉しく、そして辛いと繰り返した。

「どうしたらいい？」

印崎は、涙で光る顔を上げた。

「僕は精神科医のくせに、自分が分からなくなっている」

弱音を搾り出し、印崎は嗚咽《おえつ》した。

「辛い……とてつもなく辛い」

泣きながら、それでも気丈に語った。

「僕は地上にあって……この子と天国のように生きてみせる……」

助手席で話していた倉田は、ここで口を閉じた。

当時を思い出し、ハンカチを出して目頭を押さえている。

志穂も忍び泣いていたが、文弥の頬にも涙が伝っていた。

タクシーはなだらかな丘を登った。伊達の深い緑色に縁《ふち》どられた自然の中を走っている。外の気温が上がっているようだった。

今朝のテレビは昨日同様、真夏並みの暑さになりそうだと告げていた。

今はじめて語られる印崎の過去。

文弥は彼の思い出の欠片《かけら》を抱きしめていた。

ストローハット、背筋を伸ばした姿勢、ゆったりとした笑顔、愁いを含んだ横顔、その裏には、辛い過去がぎっしり収まっていたのだ。

人の痛みを感じられる人だった。心が手に取るように理解できる人だった。それは単に精神科医というだけではなく、本人に苦しみ抜いた時期があったからにほかならない。

〈試練があってこそ、幸せが深くなる〉

気取りのない印崎の声が耳に届いた。

〈心が潤っていないと、いろいろな物が欲しくなる。それで偽物ばかりを集めて、心のひび割れを詰めて安心する。偽物をいくら集めても虚しいだけだ。心の隙間を愛で満たしてごらんなさい。心が本物の愛でいっぱいになれば、偽物はいらなくなる〉

急ぎたくはなかった。しかしタクシーの速度は緩まなかった。

畑の脇を抜け林道に入った。

気持ちが少しおさまったのだろうか、倉田がまた、こもるような声で語りはじめた。

「アメリカ陸軍特殊部隊というのは年中、いたるところに出かけては戦闘に参加します」

常に緊迫した状況で、特殊部隊専属の精神科医として現場に派遣された印崎は、夜昼なく治療にあたった。

次々に現われる正視するにしのびない姿の若い負傷兵。

大人の決定で、若い兵が死んでゆくのだ。たとえ死をまぬがれたとしても深刻な身体障害、神経障害が心身を強烈に蝕《むしば》む。

若者の犠牲の上に、メジャーは石油で儲け、兵器産業が潤う。それに群がっているのは無数の政治家と大小の企業だ。

大人の世界は巨大で、とてつもなく醜く、そうしたよこしまな部分を抱えることで世界が成り立っているのだ、と印崎は嘆いた。

兵士が敵を殺して英雄気取りでいられた時代は、もうとうの昔に終わっている。時代は違うのだ。人の心はもっと優しくなり、今はどんな大義があろうとも、人殺しを後悔する。たとえ兵士であっても、殺人は消せない心のダメージになる。

印崎は米軍の一員であることに嫌気が差して、除隊しようとした。だができなかった。いや、しなかったのだ。自分なりの反戦運動を考えて、穏やかに動きはじめたのである。

殺し合いという極限状態が、どれほど神経にダメージを与えるか?

前線兵士たちのセラピーにあたりながら、そのサンプリングに着手した。ところが、探るうちに奇妙なことが浮上してきた。

白血病、癌、奇形児の出産、さらには異常行動。これらが、普通でない高い率で発生していたのである。

前線を歩き回って調べた結果、行き着いた先は米軍が抱えている重大な秘密だった。

密かに使用していた劣化ウラン弾である。

今でこそ広く知れ渡っているが、当時はまだ極秘中の極秘だった。

劣化ウランというのは、原子力発電所から出るゴミだ。とうぜん放射能を保持している。

アメリカ政府は、原子力発電の危険なゴミの捨て場所に頭を悩ませていた。

そこで考えついた先が砲弾だった。

実験の結果、劣化ウランは強烈な破壊力を秘めていることが判明した。

この硬さに勝てる金属はない。厚い戦車のどてっ腹を簡単に貫通する砲弾、土中深くまで突き進み、地下要塞を粉砕するバンカーバスターと呼ばれるミサイル弾頭。

用途は無数にあった。

それに加え、使用済みウランの廃棄処理という厄介な問題も片付いたのだ。危険な廃棄物は外国にぶち込んで捨てる。

悪魔の一石二鳥だ。

問題は、その爆発と同時に飛び散る放射能だ。これはひどい。

舞い上がった放射能は死神となって敵味方分け隔てなく襲いかかる。恐ろしい病が戦場に蔓延しはじめるのは時間の問題だった。

湾岸戦争リソース・センターの調査では、復員軍人約五十万人の七割近くが体調の異変を口にし、政府に医療保障を訴えていることが分かった。

なにも知らない兵隊の救出をどうするか？

印崎は思い悩んだ。一介の精神科医にできることは限られている。

劣化ウラン弾の非人間性を世界に公表する。それしかない。

印崎はデータ集めを急いだ。

そのうち同志が現われた。

他にも劣化ウラン弾を調べている軍医がいたのである。秘密のチームができた。

コード名『QC』。日本語『救済の知恵』の語呂合わせで、印崎が命名した。

QCは五人の弱小チームだったが、ただちに反軍行動を監視する「内部調査部」から呼び出しがかかった。

警告がなされ監視がつき、続いて有形無形の圧力がかかった。

それでも印崎はあきらめなかった。医学的なデータを取っているだけだと意志を曲げなかったのである。

「頑固というか、一途《いちず》なところがあるんですよ」

倉田が溜息まじりに言うと、志穂がぽつんとしゃべった。

「強い人なんでしょうね……」

一人息子の翔は、音楽家を目指した。

音楽は平和だからといって、亡くなった奥さんが二歳になった翔におもちゃのピアノを与えたのがきっかけだった。

思いがけず翔は夢中になった。だれに似たのかめきめきと頭角を現わし、高校を卒業した翔は、奨学金をもらって父親の元を離れた。

行った先は、音楽の本場ニューヨークである。本格的に音楽に打ち込みはじめる。

翔は印崎の自慢の種だった。

発表会があれば、仕事に身が入らないといって前日から勤務地を離れ、ニューヨーク入りするという熱の入れようだった。

父は子供に温かい目を向け、母がいなくとも、子供は父親を慕う幸せな親子の典型だった。

ところが印崎の人生に、再びとんでもない不幸が仁王立ちになったのだ。

その日のニューヨークは大雨だった。アパートへ帰る途中の出来事である。

ピストルの弾が翔に向かって発射されたのだ。学校帰りだった。

三発の弾丸は、翔の命と印崎の魂を奪った。

鞄からはみ出た楽譜が暗い路上に散らばり、冷たい雨がしたたっていた。

「ひどい……」

志穂が声を出した。

「ええ、とんでもない話です」

倉田はしみじみ語った。

しかしその時もまた印崎は、半狂乱にならなかった。

倉田は教会にいる印崎を訪ねた。

ステンドグラスから入る光がほの暗く床を照らしている。

翔の遺体が横たわり、その前に哀れな父親が長椅子に座っていた。

他にだれもいなかった。

蠟燭《ろうそく》が数本灯って、翔が奏でるピアノのＣＤが静かに流れていた。

印崎は、やつれた声でぽつんと言った。

「わざわざありがとう……翔とははじめてだよね。顔を見てやってくれないか」

倉田は、印崎の肩に手で触れてから、前に歩み出て薄暗い棺を覗き込んだ。

穏やかに眠る若者の顔は悲しかった。優しい目元はたぶん母親に似たのだろう。

「家族が死んだとき、人はだれしも何故だ、という言葉を口にするものなんだ。何故？　その場面に立ち会ったとき、いつも不思議に感じていた。死因がはっきりしているのに、何故だ、どうしてだ、と幾度も問いかけてくるのがね。だが今ようやく分かった。僕も同じことを心の中で唱えている。なぜ翔なのかと」

印崎は、こぼれる涙を手でぬぐった。

「遺族が口にしているのは瀬戸際の混乱なんだ。何故というのは、死因を確かめているのではない。すべてが混乱している。だから何故、という疑問しか出てこない」

倉田の目が教会の暗闇に慣れ、印崎の顔がよく見えるようになった。

幽霊のようだった。目の焦点は合わず、頬はこけ、唇に血の気はなかった。

こうして声を出して話しているのが、奇妙に思えたくらいだった。

「僕は今、空っぽだ。そして頭の中はめちゃくちゃだ。音楽は平和なはずだろ？なぜプロの殺人組織にいる僕が生き残り、平和を奏でるだけの息子が、こんな目に遭う？」

「……」

「倉田、僕は息子の胸を見た。弾丸が胸から無残に食い込み、骨が折れ、肺を破壊し、肉をえぐっていた。その傷口の一つ、一つを丁寧に覗き、洗い、縫い合わせた。それが僕の父親としての最後の別れだ。一度だけ声をかけたんだ。翔、痛かったよねって。でもほら見てごらん。傍らにママがいるよとね」

母が去り、妻が去り、息子が去った。

同時に、翔に備わっていた妻の面影も消滅した。

自分は天涯孤独になったと言った。

男の嗚咽が教会堂に響き渡った。倉田には、なすすべがなかった。随分長いこと泣いていた。しばらくしてふいに顔を上げ、息子は印崎の代わりに殺されたのだと言った。

どういうことだと訊くと、自分のしていることで翔が狙われたのだと。

「仲間が一人行方不明になっている。それは我々に対する警告ではないかと疑っていたんだ。そして翔がこうなった今、全員が怯え、我々は敗北の一歩手前にいる。いや敗れたのだ」

暗い部屋で、印崎は喘《あえ》ぐようにここまで話すと頭を抱えた。

「僕のせいだ」

かける言葉が見つからなくて、ただ頑張ってくれというようなことを口にした。

すると印崎は励まさないでくれと叫んだ。

あんな取り乱した口調は、はじめてだった。

「弱音を吐きたいのに励ましてくれるな。そうされると何もできなくなる。僕は今、震えながら泣いていたいんだ」

倉田は泣けよと言った。思い切り泣いてくれと。印崎は声を絞り出して泣き続けた。

それからまもなく除隊した。

倉田の話は悲しくて、辛かった。

ふと古い音楽がかすかに聞こえたような気がした。

以前、印崎の車に流れていたピアノ曲だ。耳をすませたが、聞こえるのはタクシーのエンジン音だけだった。きっとあの時、印崎がかけた音楽は翔の弾くピアノだったのではあるまいか。いやきっとそうに違いない。

道はどんどん細くなり、さらにいくつかの林を抜けた。いっそう木々の緑が濃くなり、次第に下界とは様相が変わりはじめた。と、道はそこで行き止まった。

淡いピンク色の家だった。

家には疎《うと》い文弥でも、それがスペインか地中海か、とにかくそういったたぐいのデザインだと分かった。

主のいない家は、林をくりぬいたような敷地に静寂とともに納まっている。

新緑の木々に薄いピンク色がすてきだった。ガレージのシャッターは降りていたが、おそらく中にはあのパープル色の車が眠っているはずだ。

タクシーを降りた。むっとする森の香りで沸《わ》きかえっていた。甘い香りだった。ただ、やみくもに悲しかった。

弁護士が鍵を開けた。

グレープが待ちわびたように近づいてきたが、飛びつきはしなかった。ただ尾を振り、体を摺《す》り寄せるだけだった。頭を撫でた。

と、視界の端に人影が動いた。一瞬、印崎かと錯覚した。

現われたのは黒いドレスに身を包んだ女性だった。見覚えのある顔にたじろいだが『恋里』の女将だった。随分印象が違っていた。

倉田弁護士が紹介した。

「留守を預かっていただいている、柏木愛子さんです」

柏木と呼ばれた女性は静かに頭を下げたが、悲しみのあまり、訪問者には関心を向けられないようだった。

志穂ともども会釈を返した。

目の前にいる女将、いや柏木と印崎との関係が頭に浮かんだ。

その思いを引きずりながら視線を部屋に向ける。二階をぶち抜いた吹き抜けの居間、どっしりとした広い空間は洋館と呼ぶにふさわしい造りだ。

促《うなが》され、奥に進んだ。

白壁を飾る写真が数枚あり、棚にも写真立てがいっぱい置かれていた。一枚に目を近づけると、若き日の印崎とアメリカ女性が並んでいた。おそらく奥さんだろう、金髪のすらりとした人だ。抜けるような白い肌が微笑んでいる。綺麗な女性だった。

もちろん翔だと分かるハーフの少年もいた。端正な顔立ちだった。コンサートを思わせる舞台でピアノに向かっている写真も数枚あった。

軍服姿の印崎は、別人だった。引き締まった口元、厳しい瞳。戦う目だ。

それに引き換え、中東らしき遺跡での写真は穏やかだった。遺跡をあちこち巡っていたらしく、あの帽子をかぶって楽しそうである。笑顔が文弥の胸を熱くした。

写真を避けた。

目を転じると部屋の向こうにテラスがあり、さらにその彼方には、伊達の海が遠く広がっていた。

「どうぞ、こちらへ」

倉田弁護士に言われ、我に返った。文弥は志穂の背中をそっと押した。

グレープは部屋の隅に孤独に居場所を決めて寝そべっていたが、柏木はまるで掻き消えたように姿がなかった。

「印崎は」

倉田弁護士は、あらたまった口調でテーブルごしに話しはじめた。

「軍隊をやめたあと、アメリカ東部を離れて、西海岸のニューポート・ビーチに居を移し、メンタル・セラピーのオフィスを設けました」

除隊しても、そうやすやすと切れるものではなく、陰湿な嫌がらせが続いた。そこで、すべてを断ち切るうえでも、きっぱりとアメリカを引き払うことにしたのだと語った。

印崎の求めたのは、戦争の臭いのない、なにより平和な土地だった。日本以外は考えられなかった。

帰国し、きれいな水と空気の場所を求めた。

欲をいえば梅雨がなく、暑からず寒からずの気候、手の届くところに湖と山と海がある。こんな天国のような土地はそうざらにあるものではない。

しかしここを見つけた。探したのは自分なのですがね、と言って倉田がはじめて微笑んだ。

所在なげに、自分の地味なネクタイを触りながら続けた。

「彼はこの家を建て、ひっそりと骨を埋めるつもりでした。死ぬまで好きな考古学に触って暮らしたかった、というのが本音でしょう。しかしやはり『ＱＣ』つまり劣化ウラン弾の告発チームとの関係は切れなかった。口の堅い印崎は、僕にもまったく話さなかったが、そのことで時々日本を離れていたのは確実です」

文弥ははっとした。

携帯電話がつながらなかったのは、海外に出ていたからなのだ。

ドアが開き、柏木が入室した。

悲しみの黒いドレスは、引きずらんばかりのロングドレスだ。厳《おごそ》かな振る舞いで運んできたコーヒー・カップをテーブルに並べた。

かちゃん、かちゃんと皿が大理石に響いた。

「どうぞ」

消え入るような小声でそう言ったかと思うと、失礼しますと囁《ささや》き、足早に引っ込んだ。

それを見届けてから、倉田が口を開いた。

「彼女のことは、自分が印崎に紹介しましてね」

柏木愛子。彼女は倉田の事務所に飛び込んできた客で、よからぬ男にかかわって、心身ともにズタズタになっていたと語った。

弁護士としては詳しくは話せないが、会ったときは自殺しなくても半分以上死んでいる状態だったと言った。

法的なことは弁護士の仕事だが、心の方は専門外だ。

印崎に助けを求めた。そのころちょうど伊達に家を建築中だった印崎は、東京と行ったり来たりで、しばしば倉田と顔を合わせていたのである。セラピーはたったの三回。それであっさりと柏木を治した。

「魔法を使ったのではないかと思ったくらいです」

文弥は同意した。

子供が子供の顔に戻り、志穂が妻の顔に戻ったのは印崎の奇跡だ。それを思えば、魔法という形容は大袈裟でもなんでもなかった。

しばらくすると柏木は、東京にいたくないと言い出した。

「思うに、印崎を追ったんでしょうな」

断れば、ぶり返す危険がある。それで印崎は一計を案じ、伊達に店を持たせたのだと言った。

「恋里が……」

「そうですよ。だれも知らないことですがね。偉いもんです。金は出したが、いっさい口は挟まなかった。ときどき顔を出すだけ。公私混同もなし。僕も休暇をとって年に数回この家に厄介になり、恋里に顔を出すのを楽しみにしていたのですが、印崎は精神科医としてきちんとわきまえていました。距離をとり、彼女が伊達のどこに住んでいるかも知ろうとはしなかった。おまえも一人もんだし、相手の気持ちを考えれば一緒になるのは自然だと思うが、と水を向けても笑って乗ってこなかった。自分の死を悟っていたというより、おそらく、それが医者としてのあいつの流儀だったのでしょうね」

倉田はカフェオレをすすって、家の中をぐるりと見渡し、「ここの家事一切は、地元の通いのおばさん二人にお願いしていましてね」と付け加えた。

文弥もカフェオレを呑んだ。

静かで広いこの部屋が、印崎の暮らした空間なのだと思うと、なんだかトレードマークの帽子をかぶった紳士が、今にも奥から出てくるような気がしてならなかった。そしてこう口にする。

〈家族を失くした金持ちと、温かい家庭を持つサラリーマン。どちらが幸せですか？　人はそれぞれみな違う物差しを持っていて、価値など永遠に分からないのですよ〉

「あのう」

すっかり落胆しきっている志穂が、ぼそっと訊いた。

「まだ印崎さんの亡くなった原因を」

「そうでしたね」

そう言ったものの、ためらうように間《ま》を置いた。

倉田は志穂から視線を少しずらし、後ろの窓に遠くをのぞむような目を向けた。

「白血病です」

ぽつりと言った。

「白血病……」

志穂が繰り返した。

「東京の病院で、苦しむこともなく息を……」

「劣化ウラン弾の調査と」

文弥が訊いた。

「関係があるのではないでしょうか？」

「あるでしょうね」

躊躇なく答えた。

「間違いありません。彼は率先して戦場に出向き、放射能線量《せんりょう》を測定していましたから。とにかくデータ集めに夢中でした」

「でも、それじゃ自殺行為じゃないですか」

「そういう要素が」

考えながらしゃべった。

「まったくなかったとは断言できません」

倉田も命と引き換えたのではないか、と思っているらしかった。

人を救うための勇気ある行動なのか、それとも妻子を忘れるために死を急いだのか、その辺の線引きは曖昧だったが、世のため人のための尊い行為だったことには違いない。

それに引き換え、文弥は自分のことしか頭になかった。

追い回しては無料でセラピーをせがみ、突然いなくなったときも無責任だと逆恨みの気持ちをつのらせていたのだ。

自分がどうしようもなく下劣な男に思え、悄然《しょうぜん》として窓の外を見やった。

「印崎からあなた方御家族のことは伺っております。そして、これを是非読んでいただきたいと……」

鞄の中から封筒を取り出し、テーブルごしに差し出した。

思いがけない流れだったが、戸惑いながらも受け取った。

「開けていいんですか？」

「ええ、そうなさってください」

十分後、読み終えた文弥の目には涙がにじんでいた。

だが、不思議な感じに満たされていた。

「精一杯、考えさせてください」

引き締まった顔で言った。それから手紙とは別に、分厚い書類を受け取った。その書類の上には車のキーが乗っていた。パープル色の車の鍵だった。


左ハンドルの慣れない車で家に戻った。

印崎の家に較べ、あまりにもみすぼらしかったが、まったく気にならなかった。自分にはかけがえのない家庭がある。血の通い合う家族がいるのだ。

卓とコトニに声をかけ、外に誘い出した。

「あっ、おじさんの車だ」

「おじさんはどこにいるの？　ねえどこ？」

騒ぐ子供たちを乗せ、深刻な顔で車を出した。

子供たちは両親の雰囲気から、とてつもない異変を察しているらしかった。

だが自分たち子供の力だけでは、ままならない大きなことだということも、うっすらと感じているらしく、二人とも口を閉ざしていた。

重苦しい空気を背負いながら、文弥はアクセルを踏んだ。

白や黄色の花が咲き乱れ、春爛漫のあでやかな風情である。

それが却《かえ》って悲しかった。

子供たちの気持ちを慮《おもんぱか》ると、文弥の心にかすかな緊張が生まれた。しかし、すべてを打ち明けねばならぬ。それには弾みが必要だった。

五分ぐらいを要した。思い切って、さっき耳にした話をできるだけ分かりやすく、正直にしゃべった。

バックミラーに、泣きじゃくるコトニとコトニの頭を抱きしめる志穂が映っている。助手席に座っている卓も、さかんに手の甲で涙をぬぐっていた。

目的地に着いた。無性に来たかったのだ。


アルトリ岬。

海は穏やかに春を受け入れていた。昼間の暑さはどこかに消え、水平線に傾いた陽が、変わらぬ北国の海を照らしていた。

沖から岸へと、波はゆったりと寄せている。

ふと風が舞った。印崎とはじめて語ったときと同じ、北国のそよ風だった。

岬に立った文弥は少し心に寒さを感じ、ジャケットのボタンを留めた。

「今から、印崎先生の書き残した手紙を読むことにします」

改まった口調で言った。

「分からなくてもいい、しっかりと聞いてください」

厳かに言うと、コトニが必死にこらえながら、うんと答えた。卓は悔《くや》しそうな顔で海をじっと睨みつけている。

文弥は、夕陽を背に受けながら家族に向かって読み始めた。

相川文弥様

読んでくれることを嬉しく思います。

私のことは、倉田弁護士からすでに聞いていることでしょう。今まで自分のすべてを話さなかったのはきっと私の弱さです。一点でも話せば、過去の感情が蒸し返され抑えきれなくなります。そんな無様なセラピストなど、だれも見たくはないはず。それで固く口を閉ざしてしまっていたのです。

妻と息子が天に昇り、そのつど破壊的な悲しみに襲われました。しかしどうにか踏みとどまって、ここまで暮らすことができました。

与えられ、そして失う。来るときは嬉しく、去るときは悲しいものです。たとえ承知していてもです。

悲しみから抜け出るには、人の役に立つことをして暮らすことでした。自分にできることはセラピーしかありません。そこで好きな考古学にもふれられる、この街を選び永住を決めたのです。

心が落ち着き、これからという時でした。旅の途中でしたが、人生など読めないものです。自分に宿った別の自分が唐突に働きはじめたのです。

世界では毎日二十万もの人が天国に旅立ちますが、私もその一人になります。

むろん怖くはありません。過分なほどにわきまえていたのかもしれません。医者の宣告は、かえって落ち着きをもたらしてくれたようです。

死を生の挫折、愛の終焉とは思いません。別の命を得ることだと今でも信じています。家族の味わった死という体験を共有し、そして籠《かご》から放たれた小鳥のように妻と息子に会いに行きます。

気持ちはとてもすこやかです。

家族を守れなかった男の一種の贖罪《しょくざい》なのかもしれませんが今、これでよかったのだという気高さ、崇高さを感じているのはたしかです。

旅仕度はできました。

いよいよ私は、肉体を超えた存在になります。

自分の運命をはっきりと感じ、これ以上世のあれこれに気を配る必要がなくなったとき、この手紙を書く決意を固めました。

遺言といった仰々しいものではありませんが、あくまでもこれは希望です。

倉田弁護士が、そちらにお渡しした書類は、今まで培《つちか》ってきた心理療法のすべてを体系的にまとめたものです。分厚くなりましたが、決して難しくはありません。日本はメンタル・セラピーが一般的ではないのです。自殺者が年間三万人という悲惨な状況も、そのことと無関係ではないと思います。

相川さんには、私が果たせなかった仕事を継いでいただきたい。これが、今回のお願いです。

むろん無理にとは言いませんが、あなたたちご夫婦なら立派にこなせると思っているのです。お二人はお子さんの問題を克服し、またご夫婦の仲も修復したすばらしい実績があります。

セラピストにとって、わが身の苦しい体験は宝です。辛い経験はなにものにも勝る教材で、私の場合もそうでした。思い返すと妻子の死という絶望的な時間があったからこそ、威力を発揮したのだと思います。

セラピストに国家資格はいりません。あえて資格者を口にするなら、愛をもって相手を受容できる人です。それ以外はなにもありません。

善悪ではなく、愛があるかどうかにかかっています。

正義をやろうとしないでください。弱者をあなたの誠《まこと》で守る。ただそれだけです。

持論といった大袈裟なものではありませんが、宇宙は愛に満ちています。

愛で成り立っていると言っても過言ではありません。

宇宙は愛の波動が共鳴しあう共同体で、だから愛を注げばどんなものでも息を吹き返し、かけがえのない生命が産声を上げるのだと、そう固く信じています。

セルフ・セラピーを使ってください。

この世に解決できない問題などありません。

そのことは、私の資料を読んでくだされば理解できるはずです。

わずかですが私には蓄えがあります。足しにしてください。

家の売却も倉田弁護士にお願いしています。処分して得たお金を人助けに活用していただければ幸いです。

文弥はここで文面から目を外して、二人の子供を見てから続けた。

グレープは翔の形見でした。

傍らに置き、いつも翔を感じていたのです。もしお嫌でなければ、かわいがってやってください。翔もグレープも喜ぶと思います。

車も翔が使っていたものです。派手な色でここではあまり評判がよくなかったようですが、どうしても手放せなかった。お手数ですが処分していただき、孤児院に寄付をお願いできればと思います。

私と逢ったことが、ご家族のお役に立てたならば、こんなに嬉しいことはありません。

文弥さん、志穂さん、あなたたちに逢えてほんとうによかった。

二人のお子さんは、翔の幼かったころを思い出させてくれました。久しぶりに、味わう幸福でした。

卓君、コトニちゃん、ありがとう。

そして今、死を目前にして私は幸せなのです。

印崎

暮れなずむ夕映えが、水平線にかかる薄い雲の中にこもっていた。

その光はあらん限りの世界を紅に染め上げていた。

文弥は車にあった印崎のパナマ帽をかぶった。

あつらえたように、ぴったりだった。

文弥は彼のように庇の下から海を眺めた。

そこには、天と海が融合したこの世のものとは思えない美しい「今」があった。

文弥の魂は、すべての束縛から解かれ、ほんの一瞬ではあったが、極限の悦びを理解した。

分かっていた。

タロットカード、伊達、グレープ、そしてアルトリ岬、すべては人生の目的を教えるサインだったのだ。

アーチャーと印崎との出会い、そして自分を完成させる第三の男は、ここにいる新しい自分自身なのだと。

夢は遠く　背伸びばかり
周りを嘆いても
温もりは背中合わせ
いつだって旅の途中
だから素顔を見つめて　今を愛して
幸せは腕の中

疲れた身体　形見の言葉
周りをけなしても
温もりは背中合わせ
いつだって旅の途中
だから素顔を見つめて　今を愛して
幸せは腕の中

出版にあたって

三十年前のロサンゼルス、加治将一は妻を失う。

何者かに殺害され、帰らぬ人となってしまったのである。

一切が謎で、いまだに容疑者さえ不明である。妻がこの世にいない現実と妻が笑顔で戻ってくる夢との葛藤、若き加治将一はもがき苦しみ、心が壊れかかる。

人間とはなにか？　幸せとはなにか？　答えを求めてさ迷い、精神医学書、哲学書、心理学書、宗教書、歴史書……、手当たり次第あらゆる書物を読まずにはいられなかった。

長い月日がたった。深い霧を抜け出し、心は徐々に回復した。頭の混乱も少しずつ整ってゆく。本当に分かりはじめたのは、娘や二人の姉との語らいと、そして田中信生牧師との啓示にも似た出会いだった。

この小説は、奈落の底から這《は》い上がって、深い洞察力と鋭い視点でベストセラーやヒット作を生み出す作家、加治将一が自分の体験をたっぷり織り込み描いた、ヒーリング・ヒューマン・ドラマである。さざ波のごとく押し寄せる感動ドラマを味わってほしい。


（編集部）

P68「椰子の実」島崎藤村・作詞／大中寅二・作曲
P184「浜辺の歌」林 古渓・作詞／成田為三・作曲
P257「紅葉」高野辰之・作詞／岡野貞一・作曲
P295「冬の星座」堀内敬三・訳詩／ヘイス・作曲

本文イラスト たやみよこ

『アルトリ岬』文庫版によせて

人は危機に面した時、身構えます。呼吸の回数がぐんと少なくなって、血管が収縮するのです。血管の収縮は、怪我をしても出血を少なくするすぐれた防御システムですが、この時、別の装置も緊張感で切り替わります。非常時用の細胞エネルギー工場のスイッチが入るのです。非常用工場は、酸素がなくても稼働する便利なエネルギー工場なのですが、普段の生活のちょっとした緊張時、苦悩時にも働きます。しかしこの工場は、あくまでも非常用。長く稼働すると息切れし、思わぬ誤作動を引き起こすことが分かっています。脳内物質の過剰製造です。身体が非常事態を宣言しているので、脳内物質も緊急に増産してしまうのです。

さあ大変。アドレナリン（緊張感、嫌悪感）、ノル・アドレナリン（不快感）、セロトニン（平安感）、ドーパミン（快感）、エンドルフィン（至福感）といった脳内物質が異常に多くなったり少なくなったりと混乱し、止まりません。

これが戦争など極限状態でなくとも、いとも簡単に心が壊れる理屈なのです。

日本人は、自分の身体にはいたって敏感です。

納豆がいいと言えば、納豆買いに走り、黒酢がいいと言えば、黒酢を呑む。やれダイエットだ、ジョギングだ、ジムだ、エステだ、マッサージだと、手間とおカネを惜しみません。

止まってしばし考えてください。

いくら身体を完璧にしようが、人間の主人は「頭脳」、すなわち「心」なのです。「心」が自殺を招き、暴力を招き、ギャンブル浪費を招き……つまり人生の破壊を招きます。

逆に、おカネを生みだし、生活を支配し、幸せな世界を造るのも「心」なのです。

「心」は「全能の神」です。

しかし日本は、一番大切に扱わなければならない「全能の神」をほぼ無視するという妙な国なのです。

たとえば欧米先進国では、政治家や経営者でなくとも自分のセラピストを持っている人は、珍しくありませんね。

交通事故で身内を亡くした場合は、警察からセラピーを勧められます。事故を起こした運転手もセラピーの対象です。流産した場合は、病院でセラピストを一人付けてくれます。学校や職場で、ルールを逸脱すれば、セラピーにかかる義務を負います。犯罪者ばかりではなく、喧嘩《けんか》が絶えない夫婦に対してでも、毎週のセラピーを義務付ける裁判判決は珍しくありません。

職場、家庭、教育、犯罪、更生……これらの分野で、司法ばかりが幅をきかせていては発展途上国と言われてもしかたありません。

より「心」を重視し、多くの場面にセラピストが関わるのが、先進国です。

「心」が人間関係を造り、社会を造っていることを考えれば当たり前の話です。

身体のメンテナンスに一万円を支払うなら、「心」に十万円遣ってこそ、釣り合いが取れるというもの。なにせあなたの将来を運命付ける「全能の神」なのですから。

私は、長い間数多くの「心」と接してきました。

都内のクリニックにも、たくさんのクライアントがやってきます。

さまざまな経験を経た結果、心の問題を解く鍵は「愛情エネルギー」にあると認識するにいたったのです。

そう、声を大にして断言しますが、「愛情エネルギー」の枯渇が、「心」を壊すのです。


「愛情エネルギー」は、「心」の免疫力《めんえきりょく》を高めます。

「心」の免疫力が上がると、自動的に「身体」の免疫力も高くなり、癌《がん》、糖尿病、痛風、肝臓病……あらゆる病気の進行を食い止めるばかりではなく、治癒力が増します。

「愛情エネルギー」は、つまり病気の特効薬でもあるのです。

「愛情エネルギー」を満タンにするには、いくつかの方法があります。

いずれも難しくはありません。

一つだけ書くと、「愛情エネルギー」に満ち溢《あふ》れたセラピストが、クライアントを受け入れることからはじまります。

クライアントの苦悩、恐怖、痛みをセラピストに告白し、セラピストと共有することによって、最悪の感情を中和し、溶かし、浄化してゆく。そして小説にも出てくる「セルフ・セラピー」、これが加治式セラピーの特徴です。

もう一人で悩んでいる時代ではありません。

どうにもならないと苦しんでいるあなた、セラピストはいつでも両手を広げて歓迎いたします。

本書『アルトリ岬』は、そんなあなたが自分自身の「心」と向き合うためのきっかけになってくれればと執筆しました。

加治将一

※「加治式セラピー」にご興味のあるかたは、eメールにて「totalself@hotmail.co.jp」までお問合せください。

著者紹介
加治将一（かじ　まさかず）
1948年、札幌生まれ。作家・セラピスト。
78年から93年までロサンゼルスで暮らし、帰国後、執筆活動に入る。東京・帝国クリニックでセラピストを務める。
主な著書に、『妻を殺したのは私かもしれない』（新潮社）、『石の扉』（新潮文庫）、『龍馬の黒幕』『幕末 維新の暗号（上・下）』『舞い降りた天皇（上・下）』（以上、祥伝社文庫）、『失われたミカドの秘紋』『陰謀の天皇金貨』（以上、祥伝社）、『倒幕の紋章』『倒幕の紋章 II』（以上、ＰＨＰ研究所）、共著に『大僧正とセラピストが人間の大難問に挑む』（ビジネス社）などがある。

ツイッター：kaji1948
加治の音声ブログ：kajimasa.blog31.fc2.com/

この作品は、2008年９月にＰＨＰエディターズ・グループより
刊行されたものを、加筆・修正したものである。

ＰＨＰ文芸文庫　アルトリ岬

2011年９月29日　第１版第１刷

著　者　加　治　将　一
発行者　安　藤　卓
発行所　株式会社ＰＨＰ研究所
東京本部　〒102-8331　千代田区一番町21
文藝書編集部　☎03-3239-6251（編集）
普及一部　☎03-3239-6233（販売）
京都本部　〒601-8411　京都市南区西九条北ノ内町11
PHP INTERFACE　http://www.php.co.jp/
制作協力
組　版　株式会社PHPエディターズ・グループ
印刷所　図書印刷株式会社
製本所　東京美術紙工協業組合

ISBN978-4-569-67730-9